HERTA MÜLLER

Eine Fliege kommt durch einen halben Wald

Hanser

1. Auflage 2023

ISBN 978-3-446-27848-6

Umschlag: Peter-Andreas Hassiepen, München
Motiv: © ullstein bild – Lengemann/WELT
Satz: Greiner & Reichel, Köln
Druck und Bindung: GGP Media GmbH, Pößneck
Printed in Germany

MIX
Papier | Fördert gute Waldnutzung
FSC® C014496

Eine Fliege
kommt durch einen
halben Wald

UNSICHTBARES GEPÄCK

»Der Staat ist um des Menschen willen da, nicht der Mensch um des Staates willen.« So trocken formelhaft klang der Artikel 1 im Entwurf für das Grundgesetz. Am 8. Mai 1949 verabschiedete der Parlamentarische Rat dann das Grundgesetz und der Artikel 1 klingt nun völlig anders – wärmer und dennoch ernster: »Die Würde des Menschen ist unantastbar. Sie zu achten und zu schützen ist Verpflichtung aller staatlichen Gewalt.« Dem ging eine lange Debatte voraus, weil der Inhalt des Wortes »Würde« offen ist und offen bleiben muss und sich daher mit der genormten Sprache und dem nüchternen Denken von Juristen kaum vereinbaren lässt.

Heutzutage kann alles eine Würde haben. Der einzelne Augenblick und ganze Nationen. Der Begriff Würde ist heute nicht nur offen, sondern diffus. Dabei ist doch der Ausgangspunkt für Würde der Wert. Es geht um den Wert des Menschen. Lange, zu lange war der nur vom sozialen Rang bestimmt, der sichtbar sein musste. Nur wer Ornate und Talare trug, mit Samt, Seide und Spitzen, mit Schärpen, Schleppen und Orden, war ein Würdenträger. Die »Goldfasane« unter den Nazis, an erster Stelle der bizarre Feldmarschall Göring in seinen abstrusen Fantasieuniformen mit zahlreichen Orden, waren späte Verkörperungen dieser exhibitionistischen Auffassung von Würde.

Aber ein ganz anderes, ein bitteres und tragisches Beispiel für die auf dem Körper getragene Würde sind die Veteranen der Roten Armee, die heute, von der Gesellschaft vergessen, nur an Feiertagen vorgezeigt, in Armut leben – alte Menschen, die, weitab von Moskau, in ihren armseligen Gegenden sich selbst überlassen sind. Sie tragen dort als täglichen Halt ihre alten Orden, als wäre der Krieg gegen Nazideutschland gerade erst vorbei. Es ist eine Würde aus buntem Blech, eine traurige Selbsttäuschung.

Die Vorstellung der inneren Würde jedes Menschen hat sich erst im Zeitalter der Aufklärung ausgebildet. Die Würde des Einzelnen entspringe einem Gefühl eines eigenen inneren Wertes, der für keinen Preis käuflich sei und der dem Menschen eine Achtung für sich selbst schenke. Schiller nennt das Anmut und Würde. Für ihn war Anmut eine Haltung. Es ging um die innere Würde, die moralische Stärke und die geistige Unabhängigkeit.

Der Artikel 1 des Grundgesetzes verpflichtete Parlamente, die Behörden, die Polizei in den westlichen Bundesländern des geteilten Deutschlands, etwas zu achten und zu schützen, etwas, das im Nationalsozialismus lebensgefährlich war: die Geistesfreiheit des Einzelnen, seine innere Unabhängigkeit. Viele Mitglieder des Parlamentarischen Rats hatten das erlebt, andere kamen aus dem Exil zurück und fünf Mitglieder hatten sogar Konzentrationslager überlebt. Für sie alle war der Verlust der Würde eine lange persönliche Erfahrung im Alltag einer Diktatur. Die Wehrlosigkeit gegen die Schläger der SA und gegen die Verschleppung in die Lager, gegen Enteignung und Berufsverbot, gegen die Folter in den Gefängnissen der SS. Die Angst vor der Willkür der Nazis war überall und immer bei denjenigen, die keine Nazis waren und es auch nicht werden konnten, weil sie sich eine innere Anständigkeit bewahrt hatten. Man konnte nur den nächsten Menschen vertrauen, die Angst vor Spitzeln war allgegenwärtig. Es gab auch keine intellektuellen Reservate des freien Denkens, weil es sich nicht mehr artikulieren konnte. Es gab keine unabhängige Justiz mehr. Die Medien waren gleichgeschaltete Propagandainstrumente, die moderne Kunst und die zeitgenössische Literatur wurden verbrannt und Tausende Journalisten und Künstler wurden ins Exil vertrieben.

1949 stand Artikel 1 des Grundgesetzes deshalb für mehr als für den Beginn einer freiheitlichen demokratischen Gesellschaft, von der man noch nicht wissen konnte, wie sie sich entwickeln wird. Den Autoren des Grundgesetzes war es wichtig mit dem Begriff der Würde die Ablehnung jeder Diktatur deutlich auszusprechen. Das Wort Würde selbst erteilte den Institutionen der neuen Demokratie den Auftrag, die Hinterlassenschaften des Nationalsozialismus in der Gesetzgebung und im Alltag der Behörden zu beseitigen. Auch deshalb steht »Die Würde des Menschen ist unantastbar« an der Fassade des Gebäudes der Staatsanwaltschaft. Dort ließ ihn der hessische Generalstaatsanwalt Fritz Bauer anbringen. Bauer war schon 1933 im KZ inhaftiert und floh 1936 zuerst nach Dänemark und von dort nach Schweden ins Exil. Er kam 1949 aus dem Exil zurück und setzte in den 60er-Jahren die Frankfurter Auschwitzprozesse gegen harte Widerstände in den Reihen der Justiz durch. »Wenn ich mein Büro verlasse, betrete ich Feindesland«, soll er gesagt haben. Er wusste genau, wo er war. Denn an allen Ecken und Enden scheiterte der Artikel 1 des Grundgesetzes. Die Nazi-Mentalität steckte noch privat in den Köpfen und amtlich in den Behörden und die Würde des Menschen blieb antastbar.

Zum Beispiel die Würde der Sinti und Roma. Man schätzt, dass ungefähr 5000 von ihnen die Todeslager überlebten. Ihre Anträge auf Anerkennung als Verfolgte der Nazidiktatur wurden von den Behörden an die Kriminalpolizei weitergeleitet. Die holte ihrerseits Gutachten zur »Sondererfassung von Zigeunern« bei ehemaligen Nazi-Beamten ein – man könnte auch sagen bei Verbrechern –, die in der »Dienststelle für Zigeunerfragen« tätig und für die Deportation der Sinti und Roma in die Lager verantwortlich waren. In diesen Gutachten steht, dass die Antragsteller nicht aus rassischen Gründen, sondern wegen »Asozialität« inhaftiert wurden. So konnten diese Gutachter Entschädigungszahlungen genauso verhindern wie auch die strafrechtliche Einordnung ihrer Beteiligung am Völkermord. Und sie hatten damit Erfolg. In den 1955 veröffentlichten Kommentaren zum »Bundesentschädigungsgesetz« wurden alle Verfolgungsmaßnahmen der Nazis als legitime Sicherheitsmaßnahmen interpretiert, weil die »Zigeuner« durch »Asozialität, Kriminalität und Wandertrieb« ihre Bekämpfung notwendig gemacht hätten. Damit verlängerte sich die rassistische Verachtung der Nazis gegenüber den Sinti und Roma in die demokratische Gegenwart.

Auch die Würde der homosexuellen Deutschen wurde weiterhin angetastet, weil sie nicht als Opfer der Nazis akzeptiert wurden. Homosexualität blieb bis 1969 generell strafbar als »widernatürliche Unzucht zwischen Personen männlichen Geschlechts oder von Menschen mit Tieren«. Noch 30 Jahre nach 1945 verstieß nach Ansicht des Verfassungsgerichts die strafrechtliche Verfolgung von Homosexuellen nicht gegen das Grundrecht auf die freie Entfaltung der Persönlichkeit. Erst 2002 wurden Homosexuelle als Opfer der Nazis anerkannt.

Oder die Würde der Frauen, die für die Nazis nur Mütter und Hausfrauen waren. Bis 1958 konnte der Ehemann weiterhin nach eigenem Ermessen den Arbeitsvertrag seiner Frau fristlos kündigen. Und bis 1962 durften Frauen ohne Zustimmung des Ehemannes kein Bankkonto eröffnen. Und erst nach 1969 wurde eine verheiratete Frau als geschäftsfähig angesehen.

Oder – als letztes Beispiel – die Würde der ins Exil vertriebenen Deutschen. Hunderttausende flohen aus Deutschland vor den Nazis ins Ausland. Aber Adenauer brauchte für den Aufbau der Demokratie in der Bundespublik »Leute, die von früher etwas verstehen«. Er meinte damit ehemalige Nazis und leider nicht die Lebenserfahrung der ins Exil Gejagten. Sie blieben auch nach dem Krieg in Deutschland unerwünscht. Sie störten sogar. Im Bundestagswahlkampf 1961 wurde der Heimkehrer Willy Brandt von Konrad Adenauer wegen seiner Zeit im norwegischen Exil vorgeführt, und Franz Josef Strauß krakeelte: »Eines wird man Herrn Brandt doch fragen dürfen: Was haben Sie zwölf Jahre draußen gemacht? Wir wissen, was wir drinnen gemacht haben.« Willy Brandt hat »draußen« – wie viele Emigranten – Widerstand gegen die Nazis geleistet, er hat sein Leben auf illegalen Reisen nach Deutschland riskiert und in Stockholm eine Presseagentur aufgebaut, um die Welt über die Verbrechen der Nazis zu informieren. Willy Brandt hieß eigentlich Herbert Frahm. Nach 1945 behielt er seinen Exilnamen, so wichtig war ihm dieser Name – eine Hommage an den Widerstand im Exil gegen Nazideutschland. Aber wer weiß das heute noch. Der Widerstand des Exils wurde in Deutschland noch nie gewürdigt, und er spielt bis heute überhaupt keine Rolle. Erinnert wird an den militärischen Widerstand der Offiziere, die treue Gefolgsleute Hitlers waren.

So geriet die Unantastbarkeit der Würde des Menschen zu einem leeren Begriff im Nachkriegsdeutschland. Denn zur Würde des Menschen gehört auch die Wahrheit. Und die wollte man nach 1945 mit dem sogenannten »kommunikativen Beschweigen« (H. Lübbe) in Ruhe lassen. Niemand wollte sich eingestehen, dass er von der Politik der Nazis profitiert hatte. Im Kleinen durch den billigen Kauf vom Hausrat deportierter Juden oder im Großen durch Arisierungen ganzer Firmen und Immobilien. Und man wollte nicht nachforschen, wo überall in der Politik, der Justiz, der Industrie, aber auch in den Künsten immer noch Nazis waren. Und vor allem wollte man nicht wissen, wie das Leben ging in der Zeit der großen Verfolgung, wie das Leben ging auf der Flucht aus Deutschland hinaus und danach im Exil, wie das Sterben war in den Lagern. Dazu hätte man sich für einzelne Menschen interessieren müssen, für das unvorstellbare Elend der Ängste und Einsamkeiten. Doch ohne dieses Interesse ist es unmöglich zu begreifen, wie sich der Verlust der Würde anfühlt.

Ich bin keine Historikerin. Deshalb kann ich die Abgründe zwischen den Opfern und den Tätern in der Nazizeit nicht rekonstruieren. Ich kam nach 1945 in Osteuropa zur Welt und habe die Demokratie in Westeuropa nur aus der Ferne gesehen. Sie schien unerreichbar. Aber ich habe das »kommunikative Beschweigen« der rumäniendeutschen Minderheit über ihre Verstrickung in den Nationalsozialismus miterlebt. Und als ich über die SS-Vergangenheit meines Vaters zu schreiben begann, wurde ich als Nestbeschmutzerin beschimpft und angespuckt. Mein erstes Buch wurde »Asphaltliteratur« genannt und eine Besprechung endete mit »Jedem das Seine«, der Inschrift im Tor des Lagers Buchenwald.

Und ich habe auch das Schweigen auf Rumänisch erlebt. Die Geschichtsverdrehung, das Leugnen der Antonescu-Zeit an der Seite Hitlers. Alte Faschisten mutierten zu 150-prozentigen Kommunisten. Der rote Sozialismus war braun im Kopf. Eine Diktatur verlängerte sich in die andere. Der Faschismus in den Stalinismus, nach Stalins Tod 1953 in den Post-Stalinismus, was man bis 1989 Aufbau des Sozialismus nannte.

In Osteuropa hat sich die Diktatur nicht 1945, sondern erst 1989 verabschiedet. Die Freiheit ist dort noch jung, sie stolpert und sie ist noch nicht bei sich selbst angekommen. Wie schnell sie wieder zu Fall gebracht werden kann, sieht man in Polen und in Ungarn. Man nähert sich mit abstrusen Ausreden der Diktatur an. Die Freiheit wird zur Fassade und die Würde des Menschen bleibt auf der Strecke. Wie soll man den Rückfall in alte Muster aufhalten.

Wenn ich heute zurückdenke, weiß ich: Die große Frage in der Diktatur war: Wie soll man leben. So kurz war die Frage gar nicht. Sie ging viel weiter mit Nebensätzen, die im Grunde das Hauptsächliche daran waren. Wie soll man leben mit dem, was man denkt, wenn man es nicht sagen darf, ohne dafür ins Gefängnis zu kommen. Wie soll man trotzdem, da wo es darauf ankommt, in einer Sitzung oder auf einem Amt oder beim Verhör zeigen, was man denkt, ohne es zu sagen. Wie soll man leben, um so zu bleiben oder zu werden, wie man für sich selber ist. Oder wie soll man nicht so werden, wie man nicht sein will. Ich könnte auch sagen, wie behält man seine Würde.

Eigentlich wusste ich gar nicht, wie ich sein will, wer weiß das schon von sich. In einem gewissen Sinn wusste ich es dennoch, weil ich jeden Tag um mich herum sah, wie ich nicht sein will und auf keinen Fall werden darf. Wie kann man leben und sich ertragen, obwohl man nicht so ist, wie man sein will, weil man gar nicht so sein darf, wie man am liebsten wäre. Ich geriet mit dieser Grundsatzfrage, wie soll man leben, immerzu in Konflikte. Ich war gar nicht darauf aus, diese Frage zu stellen, sie stellte sich unausweichlich von selbst. Sie war immer schon dort, wo ich mit meinem Leben hinkam. Sie war vor mir da, als hätte sie auf mich gewartet.

Ich habe das damals nicht gewusst, es war die Frage nach persönlicher Freiheit und der eigenen Würde. Aus der Distanz von heute glaube ich, dass es in der Unterdrückung eine zerstörerische Fixation auf das Gegenteil gibt, auf die Freiheit, die nicht gelebt werden kann. Sie ist als Abwesenheit vorhanden, sie weiß, dass sie verkrüppelt wird. Sie wird so gestört, dass sie dort, wo sie beginnt, sofort aufhört. Das Ende frisst den Anfang vom ersten Moment an. Da sie jedoch immer, wenn auch nur als Gegenteil von sich selbst, vorhanden bleibt, ist sie im Kopf mehr als bloße Projektion. Sie ist kein stummes Kopfbild, sondern ein furchtbar genaues Gefühl. Gefühl ist das passende Wort. Denn Gefühle sind ja im Kopf. Jedenfalls entstehen sie im Kopf. Dass einem die Unterdrückung bewusst ist, heißt, dass einem das Fehlen der Freiheit bewusst ist. Es ist dieses fatale Zwillingspaar, das durchs Leben läuft. Es ist so ein Paar, wie chronischer Hunger immer ans fehlende Essen denkt.

Ich muss es mir heute eingestehen: Das meiste, was ich über Freiheit und Würde gelernt habe, habe ich aus den Mechanismen der Unterdrückung gelernt. Diese Mechanismen zu beobachten, und was anderes bleibt einem ja in der Unterdrückung nicht übrig, ist, wie die Spiegelschrift der Freiheit zu entziffern. Das Deutlichste, was ich gelernt habe, kann ich ganz einfach sagen: Freiheit und Würde sind immer konkret.

Sie sind da oder sie fehlen in jeder einzelnen Sache. Allgemein kann ich darüber gar nicht reden. Es führt mich nirgends hin, wenn ich es versuche. Das abstrakte Wort Freiheit und das Gefühl der Würde beschäftigten mich nicht als Idee, sondern als Gegenstand. Ein ganz konkreter Gegenstand. Denn Freiheit hat ihren konkreten Ort, an dem sie vorhanden ist oder fehlt. Sie hat ihren Inhalt, ihr Gewicht. In der Freiheit ist immer eine konkrete Situation. Es findet etwas statt oder es wird verhindert. Diese beiden Kategorien sind immer präsent: erlaubt und verboten. In der Diktatur war fast alles, was ich tun wollte, verboten. Und was erlaubt war, hab ich mir selbst verboten, weil ich nicht so werden wollte wie diejenigen, die es mir erlaubten. Die Freiheit ist ein Gegenstand. Aber in diesem Leben in Rumänien war sie so weit weg, man konnte sie nicht anfassen. Umso mehr fasste sie mich an.

Das war der Grund, weshalb ich in allen Situationen, wo es

darauf ankam, in unvermeidliche Konflikte geriet. Wo es darauf ankam – es kam ständig darauf an.

Ich arbeitete im dritten Jahr in einer Maschinenbaufabrik als Übersetzerin und weigerte mich, meine Kollegen für den Geheimdienst zu bespitzeln.

Die darauffolgenden Schikanen gingen wochenlang. Eines Morgens wollte ich in mein Büro, aber es war ein Ingenieur eingezogen. Er sagte, ich hätte hier nichts mehr zu suchen. Die Betriebsanleitungen und meine dicken Wörterbücher lagen im Gang auf dem Fußboden. Ich ging eine Weile auf die Toilette weinen, damit mich niemand sieht. Dann ließ mich eine Freundin an eine freigeräumte Ecke ihres Schreibtischs. Es war ein Großraumbüro. Ein paar Tage später wartete sie morgens draußen vor dem Büro mit meinen Sachen im Arm. Sie sagte, ihre Kollegen wollten mich nicht mehr in ihrem Büro, schließlich sei ich ein Spitzel. Die Verleumdung war vom Geheimdienst organisiert. Es war die Rache für meine Weigerung, die Kollegen zu bespitzeln. Ich konnte gegen diese Verleumdung nichts tun. Es gab bestimmt unzählige Spitzel in der Fabrik, die niemand kannte, die mit Positionen und Geld belohnt wurden für ihre Dienste. Ich war so wehrlos in dieser Zeit, für mich war die Welt entgleist.

Trotzdem wusste ich jeden Tag, dass die Weigerung richtig war. Sie war lebenswichtig. Nach dieser Absage fühlte ich mich frei. Ich war frei davon, etwas zu tun, was man von mir verlangte. Es hätte wahrscheinlich auch mir Vorteile gebracht, es war aus der Sicht des Regimes das Normale und mehr als nur erlaubt. Es war eine erlaubte Pflicht. Ich wusste genau, dass meine Absage ernste Folgen haben wird. Trotzdem war ich erleichtert, denn die Sache war ab nun für beide Seiten geklärt: Mir war klar, dass ich mich an der Unterdrückung nicht beteilige. Und dem Geheimdienst war klar, dass er mit mir nicht zu rechnen hat. Was mir aber nicht klar war und täglich über mich kam, war die Einsamkeit danach. Diese große Verlassenheit, so monströs, als wäre jede Beziehung zu mir pures Gift. Ich wurde gemieden, die Kollegen von gestern wollten mich nicht mehr kennen.

Ich hatte mir eine Freiheit erlaubt und dadurch eine Würde gerettet, die in diesem Land nicht vorgesehen war. Sie vergrößerte die Unterdrückung sogar. Ich habe damals begriffen, dass eine Person für einen Überwachungsstaat nur dann als Individuum in Betracht kommt, wenn sie zum Staatsfeind wird. Weil er diese Person zerstören will, denkt sich der Staat die Methoden speziell für sie aus. Das muss er tun, damit die Zerstörung sicher wirkt.

Die Geschichte ging weiter. Ich hatte nun kein Büro mehr und setzte mich auf mein Taschentuch zwischen die Etagen neben ein Fenster ins Treppenhaus und arbeitete dort mit einem dicken Wörterbuch auf dem Schoß. Durchs Fenster sah man die Fabrikskatze mit dem zerrissenen Ohr draußen im Hof. Mir fiel die Redewendung ein: Am Rand der Pfütze springt jede Katze anders. Aber hier verhielten sich alle gleich. Ich dachte, in diesem Sinn, und zwar nur in diesem, gibt es das sozialistische Kollektiv. Kollektiv ist nichts anderes als diese erschreckende Gleichheit, die in der gefressenen Angst ohne Absprache funktioniert. Aber wenn es um Gemeinsamkeit oder Kollegialität geht, ist das Kollektiv nur ideologisches Gefasel. Durch die Freiheit, die ich mir aus der Abwesenheit der Freiheit genommen hatte, hab ich zu spüren gekriegt, dass das Kollektiv dem Staat immer so wichtig war wegen der Unterdrückung. Man brauchte es als Gegensatz zum Individuum. Ich verstand, der Einzelne war nicht ein Teil, sondern der Feind des Kollektivs. Das zeigte sich immer wieder. Ein paar Jahre später wurde ich wegen »Individualismus« und »Nichtanpassung ans Kollektiv« als Lehrerin von der Schule gefeuert.

Der Spruch mit der Katze meinte, jede Katze springt an der Pfütze anders – in diesem Land sprangen alle Katzen gleich, sie sprangen nicht über die Pfütze, sie sprangen an der Pfütze vorbei. Und ich war auch nicht über, sondern voll in die Pfütze gesprungen. Ich wusste sogar vorher schon, dass ich nur in die Pfütze springen kann.

Würde ist auch, wenn man mit ihr voll in die Pfütze springt.

Die Diktatur nimmt auch jeden Rückzugsort, das Private gibt es nicht mehr. Ich war ausgeliefert. In meiner Wohnung lag seit Jahren ein Fuchsfell. Eines Tages stieß ich im Vorbeigehen an das Fell und der Schwanz rutschte weg. Er war abgeschnitten. Wochen später war auch der rechte hintere Fuß abgeschnitten, dann der linke. Ein paar Monate später nacheinander die vorderen Füße. Der Geheimdienst kam und ging, wie er wollte. Er hinterließ Zeichen, wenn er wollte. Der Wohnungstür sah man nichts an. Ich sollte wissen, dass mir in meiner Wohnung dasselbe passieren kann wie dem Fuchs.

Als ich meiner Mutter die Sache mit dem Fuchs erzählte, waren ihm schon alle vier Füße abgeschnitten.

Meine Mutter fragte: Was wollen die von dir.

Ich sagte: Angst.

Und das stimmte. Dieses kurze Wort erklärte sich selbst.

Denn so wie die Fabrik war das ganze Land ein Angstgebäude. Es gab die Angstherrscher und das Angstvolk. Jede Diktatur besteht aus denen, die Angst machen, und den anderen, die Angst haben. Angstmacher und Angstbeißer. Ich habe immer gedacht, Angst ist das tägliche Werkzeug der Angstmacher und das tägliche Brot der Angstbeißer. So war das damals vor 1989 in ganz Osteuropa.

Als sie den verstümmelten Fuchs sah, hatte meine Mutter auch Angst. Angst um mich und Angst um sich selbst.

Sie sagte: Du liegst eines Tages tot im Graben. Dafür hab ich dich nicht großgezogen.

Und dann schluckte sie, verdrehte die Augen und sagte dazu: Andere applaudieren und verdienen Geld. Und du bringst unsere Familie in Gefahr.

Sie hatte Angst. Angst um sich, Angst um mich und sogar Angst vor mir. Sie wollte unauffällig leben. Das ging nur, wenn man sich anpasste. Das war für sie Normalität. Ich störte diese Normalität.

Ich bekam nie wieder eine feste Anstellung und wusste nicht, wovon ich leben soll. Ich hatte überhaupt kein Geld. Gelegentlich bekam ich eine befristete Aushilfsstelle in irgendeiner Schule. Von der Straße kommend. hörte ich das laute Summen der Stimmen aus dem Lehrerzimmer. Sobald ich die Tür öffnete und im Lehrerzimmer erschien, wurde es still wie in einer Kirche. Sie schauten mich kurz an und dann flüsterten sie. Je mehr Kollegen um mich herum waren, umso deutlicher war ich allein. Und wenn ein Schultag zu Ende war, ging ich wie alle zur Bushaltestelle. Niemand wollte mit mir auf der Straße gesehen werden. Ein Teil der Lehrer trödelte und hielt sich weit hinter mir. Und der andere Teil beeilte sich und lief weit vor mir her. Das geschah ohne Absprache in der Dressur der Angst.

Genauso schlimm wie die Bedrohung durch den Staat und seinen Geheimdienst war die Einsamkeit. Ich wurde von den anderen Lehrern gemieden. Ihre Angst isolierte mich. Sie hatten Angst vor dem Staat und sie hatten Angst vor mir. Ich war eine Gefahr.

Ich war ja nur als Aushilfe in der Schule und wunderte mich: Am Ende des Schuljahres wollten mir mehrere Schüler aus verschiedenen Klassen Kaffeebohnen schenken. Es gab keinen Kaffee im Land. Ein Kilo kostete auf dem Schwarzmarkt viel mehr als ein Monatsgehalt. Ich wies den Kaffee zurück. Das sprach sich herum und andere Lehrer stellten mich zur Rede und fragten mich, wieso ich mich für was Besseres halte. Sie rechneten mit diesem Kaffee und ich machte ihnen das Geschäft kaputt, schlechte Zeugnisse durch Kaffeegeschenke zu verbessern.

In diesen und vielen anderen vergleichbaren Momenten musste ich begreifen, dass es nicht nur Angstmacher und Angstbeißer gab. Die sogenannten Kollegen in der Schule und davor die in der Fabrik – ja die Mehrzahl der Leute in diesem Land waren Angstträger. So wie sie gelernt hatten, ihre eigene Angst zu verwalten, hatten sie auch gelernt, von der Angst der anderen zu profitieren. Sie machten aus der Not und dem Elend mal ahnungslos, mal schamlos das Beste. Sie selber glaubten, sie machen sich nur ein glattes Leben und keine Politik. Aber war diese Angst wirklich unpolitisch? Ich glaube nicht. Die Verwaltung der Angst war an und für sich vorauseilender Gehorsam und Teil des würdelosen Lebens in der Diktatur.

Jeder war mit seinem Leben auf dem Schwarzmarkt. Alles war verboten. Ohne Korruption war der Alltag nicht möglich. Der Staat selbst erhob die Korruption zum Geschäftsprinzip und schaute so lange zu, bis der Geheimdienst einen Grund zur Erpressung brauchte. Man gehörte sowieso dem Staat. Man war sein bedingungsloses Eigentum. Wer das nicht ertrug, war ein Staatsfeind.

Einmal schrie der Securist bei einem Verhör wütend: Was glaubst du, wer du bist.

Ich sagte: Ich bin ein Mensch wie Sie.

Darauf sagte er: Das glaubst du. Wir bestimmen, wer du bist.

In solchen Situationen glaubte ich, dass dasselbe Wort immer nur in dem Augenblick, in dem es verwendet wird, dasselbe ist. Ich fragte mich, ob mir ein Wort überhaupt gehört, weil man jedes Wort umdrehen und gegen mich verwenden kann. Ich glaubte auch, dass es am besten wäre, wenn man Wörter nur im Kopf haben müsste und nicht im Mund. Und dass das Erlebte meist gar keine Zeit für Wörter hat. Außer beim Verhör, wo die Wörter kristallisieren. Unvermeidlich und schrecklich und manchmal für immer. Der Vernehmer sagte einmal: »Wer sich sauber anzieht, kann nicht dreckig in den Himmel kommen.« Dieser Satz ist an und für sich sogar schön. Aber aus seinem Mund war das eine Morddrohung.

Wenn ich zum Verhör musste, zog ich meine schönste Bluse an, schminkte mich und nahm den hochroten Lippenstift. Das gab mir den Anschein von Mut. Also es gab der Angst, die ich hatte, den Anschein von Mut, den ich nicht hatte. Stattdessen hatte ich in der Handtasche mein Zahnbürstchen für den Fall, dass ich vom Verhör nicht mehr nach Hause komme. Angst und Mut sind wahrscheinlich teilweise dasselbe. Bei mir war es nie gänzlich das Gegenteil. Wie oft wollte ich der Angst das Gedächtnis nehmen und mich so schnell wie möglich freuen. Aber es war dann nicht Freude, sondern nur Erleichterung, wenn ich nach Hause ging.

Es war die Last einer leeren Freiheit. Sie hatte kalte Augen und weiße Pfoten und hinterließ ihre Spur. Ich fragte mich, ist die Angst das Tier oder nur die Pfoten des Tiers, die auch ohne das Tier weiterlaufen. So wie ich weiterlief und die Überwachung weiterlief. Man sah immer und überall, was ich tat. Wie damals in der Kindheit im Dorf. Bis zum nächsten Verhör steckte ich in meiner leeren Freiheit, ich war ja nicht verhaftet. Eine leere Freiheit bedeutet, dass man auf Schritt und Tritt weiß, was Freiheit wäre, weil man sie nicht hat. Leere Freiheit tut weh und macht traurig.

Wenn man mit der Last seiner leeren Freiheit herumläuft, geht man nicht so schnell verloren wie ohne sie. Sogar mit dem Nichts in der Freiheit ist die Freiheit größer als ganz ohne Freiheit. In der Zeit vor dem Rausschmiss aus der Fabrik hab ich mir so seltsame Sachen gesagt wie:

Die Zeit ist ein Dorf und die Angst hat das kürzeste Gesicht.

Ich wusste nicht, was so ein Satz bedeuten soll, aber er klang nach Gewissheit und Selbstbeherrschung. Der Satz blieb mir im Kopf, ich nutzte ihn so oft, dass er das Seltsame verlor und durch Abnutzung ganz gewöhnlich wurde. Ich sagte mir, der Satz darf wollen, was er will. Oder: Das eins zu eins bietet sich hier nicht an. Darin besteht seine Freiheit. Er machte nicht nur sich frei, sondern auch mich. Das war schön, es reichte. Gerade das Gewöhnliche bewies, dass der Satz es gut mit mir meint. Wenn es gut zu einem ist, kann alles gewöhnlich werden. Das Gewöhnliche hat einen unschätzbaren Wert. Mir sagte es, dass ich mir mit der Last meiner leeren Freiheit noch selbst gehöre. Dass ich vielleicht an diesem Staat, aber nicht an mir selbst verzweifeln muss. Ist das vielleicht Würde, dass man von seinem Leben keinerlei Nutzen akzeptiert, der jemand anderem schadet?

So hatte sich nach Jahrzehnten Diktatur alles verdreht. Es gab kein ethisches Fundament mehr. Die Gesellschaft hatte ihren Kompass endgültig verloren. Alles war materiell und moralisch ruiniert. Auch die Menschen. Sie machten jahrzehntelang gar nichts, und dann lehnten sie sich auf gegen das Regime. Aber in gleichem Maße auch gegen sich selbst. Die ewig schlechte Laune im Sozialismus kam auch vom Überdruss an sich selbst, an der Würdelosigkeit der eigenen Anpassung.

Die Frage, die ich mir heute noch stelle, heißt: Wie geht das Leben? Die Würde kann man brechen. Das weiß ich. Kann man sie auch falten oder teilen? Und wird sie später wieder ganz? Kann es sein, dass sich der Verlust der Würde anders meldet als der Verlust der Freiheit? Unbewusster und daher später – zwar unbegreiflicher, aber umso stärker. Als unsichtbares Gepäck.

HEIMWEH NACH ZUKUNFT

Jahrzehntelang gab es in Osteuropa außer den gemeinsamen repressiven Regimen einen sichtbaren, gemeinsamen Überdruss an der Repression und Bevormundung durch Diktatur. Und es gab einen gemeinsamen versteckten Wunsch – das war der Wunsch zu fliehen.

Ich kenne Menschen, die haben ihr Leben jahrelang auf eine Fluchtmöglichkeit projiziert. Die haben täglich an Flucht gedacht und ihr Leben darauf ausgerichtet. Zum Beispiel jahrelang an der Universität Orientalistik studiert, um später irgendwann vielleicht einmal eine Dienstreise nach Japan zu beantragen – und dann, wenn dieses Glück vielleicht eintritt, beim ersten Umsteigen am ersten Flughafen im Westen die Reise abzubrechen und Asyl zu beantragen. Andere wurden technische Zeichner, weil Geländevermessung zu diesem Beruf gehörte. Es sprach sich herum, dass manchmal in der Nähe der Grenze Gelände vermessen wird. So wählte manch einer die eventuelle Fluchtgelegenheit zum Beruf – und der Beruf blieb an ihm hängen und passte nie zu ihm und er fühlte sich ein halbes Leben lang genarrt von seiner eigenen Illusion, weil die Aussicht auf eine Flucht nie kam. Man kann sagen, Tausende Leute verbrachten ihr halbes Leben im Konjunktiv der Flucht. In diesem ganzen Rundumelend war der versteckte Fluchtgedanke ein Gemisch aus Verzweiflung und Hoffnung.

Aus dieser Zeit weiß ich, es gibt kollektive und einzelne Fluchtgründe, also allgemeine und persönliche. Und diese sind gleich stark. Aber die allgemeinen Ursachen brauchen gar keine Verstärkung durch die persönlichen, um die Flucht wahr zu machen, wenn es endlich einmal möglich wird. Die allgemeine, immer vorhandene Ursache reicht, die kollektive Aussichtslosigkeit und Verbitterung. Sie ist allen in den Kopf gewachsen. Und sie ist eine Obsession, eine Sowieso-Ursache, denn sie besagt: An jedem anderen Ort ist es sowieso besser als hier. Dieses Fazit war über die Jahrzehnte in Osteuropa selbstverständlich geworden. Es war allgegenwärtig. Mit diesem Fazit machen sich auch heute wieder Menschen auf die Flucht.

In diesem Fazit sitzt die totale Resignation. Deshalb ist es so abstrus, wenn die Flüchtenden, die heute zu uns ins Land kommen, als Invasion oder Lawine bezeichnet werden. Flucht hat nichts mit Aggression zu tun. Flucht ist in jeder Einzelheit, aus der sie besteht, defensiv.

Es war mir immer ein Rätsel, wann der allgemein vorhandene, stille, brave Fluchtgedanke zum wild riskanten und hochgradig politischen Fluchtversuch wird. Denn es gab einen springenden Punkt, an dem die ganz gewöhnlichen, duldsamen, unauffälligen, resignierten, politisch passiven Menschen ihre ganze Existenz aufs Spiel setzten und um jeden Preis flohen. Denn die rumänischen Grenzen waren zu, sie waren Todesgebiete. An der Grenze zu Ungarn schießende Soldaten, dressierte Hunde, die Flüchtende zerrissen. Und an der Grenze zu Jugoslawien waren in der Donau Schiffe, die schwimmende Flüchtlinge jagten und mit den Schiffsschrauben in Stücke rissen. Die Überlebenschancen waren nicht einmal fünfzig zu fünfzig, das Ende jeder Flucht war todesoffen. Und dennoch flohen im Laufe der Jahre Hunderttausende im Geheimen, oft mutterseelenallein. Die Kugeln, die Hunde, die Schiffsschrauben schreckten niemanden ab.

Ich arbeitete in einer Maschinenbaufabrik und immer wieder kam ein sonst pünktlicher, zuverlässiger Arbeiter eines Morgens nicht mehr zur Arbeit – und er kam dann nie wieder. Nach ein paar Tagen hörte man, er sei geflohen. Ziemlich selten hörte man ein paar Monate später hinter vorgehaltener Hand, er habe sich aus München, Paris oder Toronto gemeldet. Sehr oft war und blieb er jedoch für immer vom Erdboden verschwunden. Er war nirgends angekommen. Obwohl keiner von uns ihm die Fluchtabsicht angesehen hatte, wunderte sich niemand, wenn sein Arbeitskollege eines Tages auf die Flucht ging. Und niemand erschrak, wenn er umkam. Ein kleines geflüstertes Mitleid reichte den Kollegen. In diesem Mitleid hing sogar ein Tropfen Neid, obwohl der Geflohene tot war. Bitterer Neid, der einem selbst weh tat. Es war keineswegs Schadenfreude, sondern so eine Art von Bewunderung. So wie eine Trauermedaille für das Wagnis der Flucht. Danach wurde er nie mehr erwähnt. Es wär frivol gewesen, sich im Gespräch an seinen Tod zu erinnern. Es wäre halber Selbstverrat gewesen, weil man selber auch Fluchtgedanken hatte. Man musste die Ruhe im Kopf bewahren, die Flucht im Konjunktiv, die Hoffnung auf die bessere, eigene Gelegenheit. Und das ging am besten durchs Schweigen.

Was machten Leute vor der Flucht? Manche gingen zur Wahrsagerin. Sie wollten ihre Chancen ausloten durchs Kartenlegen oder Lesen im Kaffeesatz. Sie wollten den Zufall voraussehen, vielleicht sogar das Schicksal gnädig stimmen.

Ich hatte eine Freundin, sie war Schneiderin und Wahrsagerin. Ich ließ mir von ihr Kleider nähen. Aber ein Mal war ich zufällig bei der Anprobe, als ein Kunde zum Wahrsagen kam. Sie vertraute mir, wir kannten uns ewig lange. Sie versteckte mich im Zimmer und bat ihn an den Küchentisch. Die Zimmertür war nur angelehnt – ich durfte mithören. Ja, es ging um Flucht. Wahrsagerei muss ja glaubhaft sein, die Hauptsache war der Text der Wahrsagerin, der Kaffeesatz allein tat es nicht. Und der Text war Poesie. Er lautete ungefähr so:

»Hier seh ich zwei Füße, das bist du. Und da, wo du bist, ist etwas Grünes. Es fängt nicht hier an und hört auch nicht hier auf. Es ist groß. Schau, jetzt seh ich ganz klein deinen Rücken, es wächst dir in den Rücken hinein. Geh nicht dorthin. Geh nicht ins Maisfeld, ins Tabak- oder Rübenfeld. Geh auch nicht übers Gras, lauf nicht ins Grüne. Hier seh ich einen langen Hals, es ist ein Schwan und du kommst an einen glitzernden Fluss.« Die Schneiderin hielt inne, seufzte und fragte: »Kannst du schwimmen? Das ist die Donau.« Seine Stimme war zu leise, ich verstand seine Antwort nicht.

Ich dachte beim Zuhören, wie schön diese surrealen Bilder sind. Sprachschönheit bleibt an jedem hängen – umso mehr hängen, je weniger die Person mit Sprache zu tun hat. Ohne jede Gewöhnung an Sprachschönheit ist ihre Wirkung am größten. Aber wie kann Lügen so schön sein?, fragte ich mich. Doch das war zu einfach, denn die Schneiderin malte die Bilder mit den Augen in den Kaffeesatz, entzifferte sie und glaubte selbst an das, was sie da erzählte. Es war erfunden, aber nicht gelogen. Und diese Sprachschönheit wurde zu einer Dimension, die den Fluchtort bestimmte. Die Andeutungen wurden im Kopf zu konkreten Anweisungen, Landkarten der Flucht, Plänen mit Methoden, Uhrzeiten und geographischen Daten. Sprachschönheit wurde in die Tat umgesetzt.

Selbstverständlich habe ich die Schneiderin ein paar Wochen später gefragt, ob sie etwas weiß über den Mann, ob ihm die Flucht gelungen ist. Sie sagte, er hatte Glück, er sei jetzt in Kanada.

Heinrich Böll spricht in seinen Frankfurter Vorlesungen einmal ganz kurz von *»der Suche nach einer bewohnbaren Sprache«*.[1] Nach dem Krieg, in einem Land, wo nicht nur die Häuser zerbombt waren, steckt für Böll in diesem Ausdruck wahrscheinlich etwas ganz Konkretes. Aber er erklärt uns mit keinem zusätzlichen Wort, was es ist. Es bleibt in der Schwebe und das Kryptische macht diesen Ausdruck so metaphorisch und stark. So überzeugend und paradigmatisch. Man kann ihn gebrauchen, wie man möchte. Die Sprachschönheit in die Tat umzusetzen kann *»bewohnbare Sprache«* sein, gerade beim Fliehen. Man vertraut sich der Sprache an, um von zu Hause weg, irgendwohin ins Fremde zu kommen, wo es sowieso nur besser sein kann als daheim. Und mit Böll ist man dann schnell bei Jorge Semprun, der sagt, nicht die Sprache als solche ist Heimat, sondern das, was gesprochen wird. Also der Inhalt des Gesprochenen kann *»bewohnbare Sprache«* sein.

Ich bringe *»bewohnbare Sprache«* mit Flucht in Verbindung, weil Böll die jungen Studenten auch fragt, ob sie das Land, das sie von der Kriegsgeneration geschunden übernehmen, jemals zu einem *»Staat machen können, nach dem man Heimweh haben wird«*.[2] Für Böll war das eine Utopie. Denn er zweifelte daran. Weil *»zwischen 1933 und 1939, all das, was man bis dahin* *noch in irgendeiner Form Deutschland nennen konnte, starb oder ins Ausland gezwungen wurde.«*[3] Das schrieb er 1960 in einem Brief an Jenny Aloni, die 1939 aus Paderborn nach Palästina geflohen war und mit der Böll eine Lebensfreundschaft verband.

Böll zweifelte daran, auch weil nach dem Krieg nur die Vertreibung der Deutschen aus dem Osten als *»Heimatvertreibung«* begriffen wurde. 1973 schrieb Böll, das *»Wort Heimatvertreibung bekommt einen anderen, besseren Sinn, wenn man deren Beginn auf 1933 festsetzt«*.[4] Das hat man aber bis heute nicht getan, man hat leider nicht auf Heinrich Böll gehört. Noch immer gibt es keinen Ort in der deutschen Erinnerungslandschaft, der diese erste Vertreibung von Hunderttausenden Menschen aus Nazideutschland hinaus zum Thema macht. Der das große Unglück von Flucht und Exil zeigt. Die endlosen Wege bis nach Mexiko, Shanghai, Neuseeland oder Argentinien. Die Verzweiflung an den Grenzen, die guten und die bösen Zufälle, die Trostlosigkeit der für alle Zeit kaputten Nerven. 1974, in seiner PEN-Rede in Jerusalem, sagte Böll, das *»deutsche Wort Elend«* sei ein *»Urahne des Wortes Ausland«*.[5] Die Emigranten wussten nie, ob sie sich ihr Heimweh leisten können, sowohl aus politischen als auch aus psychologischen Gründen. Zurückgerufen hat sie niemand. Dabei hätte Nachkriegsdeutschland ihre Erfahrung und persönliche Integrität dringend nötig gehabt.

Aber vielleicht ist das heutige Deutschland trotzdem eine Heimweh-Heimat geworden. Nicht nur für uns, die wir hier leben. Auch für Menschen, die aus Diktatur und Krieg fliehen müssen. Die haben Heimweh nach Frieden und Sicherheit. Und weil Deutschland ihnen das bieten kann, haben sie Heimweh nach Deutschland. Zu Tausenden haben sie dasselbe Heimweh, das Osteuropäer in meinem Alter sogar ohne Krieg noch gut kennen – Heimweh nach Zukunft.

Wenn ich mit dem Zug von Temeswar nach Bukarest fuhr, liefen die Schienen eine Weile ganz nah an der Donau entlang. Man sah hinüber nach Jugoslawien. Und wenn dieser Wegabschnitt anfing, standen in jedem Abteil alle allmählich auf. Ohne Grund, ohne ein Wort standen alle, absolut alle auf, gingen auf den Gang und schauten über die Grenze hinüber nach Jugoslawien. Junge und Alte, und zwischen ihnen standen sogar Polizisten und Soldaten in Uniform. Es war eine Stille wie eine Hypnose. Wie eine Offenbarung wusste jeder vom anderen, woran er jetzt denkt. Schweigen und Schauen, Augen wie schräge Spiegel. Die Möwe oder Schwalbe in der Luft, sie flog einem durch den Hals. Und wenn sich der Zug von der Donau entfernte, gingen alle wieder ohne ein Wort in ihr Abteil zurück. Alle setzten sich wieder hin, redeten wieder über irgendein Thema von vorher – so als hätte es die Unterbrechung durchs Glitzern der Donau nicht gegeben.

Ich war von dieser Hypnose auf dem Gang immer ein bisschen benommen, hatte ein mulmiges Gefühl, wenn ich mir vorstellte, wie das wäre, wenn alle aus dem Zug unerwartet fliehen könnten. Die Massenflucht gab es all die Jahre, aber im Geheimen, unabhängig voneinander in einzelnen versteckten Aktionen.

Und so war das nicht nur in Rumänien. Niemand hat gezählt, wie viele Menschen aus den osteuropäischen Diktaturen geflohen sind, Tag für Tag. Als dann auch noch die sowjetischen Panzer 1956 nach Budapest kamen und 1968 nach Prag, flohen weit mehr als 200 000 Ungarn und 400 000 Tschechen in den

Westen. Deshalb ärgert es mich maßlos, dass die osteuropäischen Länder heute so tun, als gehörte Flucht nicht zu ihrer Geschichte. Gerade die »Spaziergänger«, die sich in Dresden nicht genieren, nach Putin zu rufen, müssten das wissen. Mit dem Mauerbau hat die DDR der Flucht doch ein zynisches Denkmal gesetzt.

Ich glaube, wenn der Sog der totalen Verzweiflung ein Land erfasst, entsteht die Massenpsychose der Flucht. In Syrien und Eritrea ist es so. Und der Sog hört nur auf, wenn die Verzweiflung abnimmt, das Morden des Diktators, des Kriegs und die Apokalypse des islamistischen Terrors. Krieg ist ein politischer Feind, und Kriegsflüchtlinge sind politisch verfolgt und jeder einzelne braucht Schutz. Dieser Schutz kann nicht begrenzt werden, nur weil ihn so viele brauchen.

Vor der Flucht sind die Erwartungen an die Zukunft nicht konkret. Und sie bleiben auch nach der Flucht variabel. Sowieso wird die Ankunft als Rettung empfunden. Rettung ist ein müdes Wort. Aber alles daran ist besser als das Leben zu Hause mit den Fassbomben in den Straßen. Heinrich Böll war im Krieg und er schrieb: *»Die meisten starben jung, und es stirbt sich nicht leicht, wenn man jung ist: es liegt eine kleine amtliche Täuschung in den Worten ›ermordet‹ oder ›gefallen‹; in diesen Worten wird eine Plötzlichkeit des Todes vorgetäuscht, die nur sehr wenigen vergönnt gewesen ist. Sterbende werden auf eine Weise still, die der Verachtung gleichkommt, sie frösteln auch leicht, denn die grausige Majestät, die auf sie zukommt, ist kalt.«*[6]

Bisher gab es das Heimweh nach Zukunft, doch nach der Ankunft sitzt einem die Zukunft auf der Haut. Zukunft klingt wie Zuflucht, aber das täuscht. Denn Zukunft ist abstrakt und

Zuflucht konkret. Zuflucht ist unter den Fußsohlen ein wirklicher Ort. Aber Zukunft eine unwirkliche Zeit, die sich selbst nicht kennt. Die Gegenwart hört ja nie auf, die Vergangenheit schleppt man mit sich. Wer weiß, vielleicht fängt die Zukunft an, wenn die erste Ruhe nach der Flucht eintritt.

MIT DIESSEITIGER WUT UND JENSEITIGEN ZÄRTLICHKEITEN

»Was für eine gewaltige Bühne, der Paravent der Bergkette als Kulisse – das Theater, das Schreiben und das wirkliche Leben, es war nicht zu trennen, aber warum tat es dann so weh«, schreibt Liao Yiwu in seinem Gefängnisbuch. Und das Schreiben nennt er: »... sich verbohren wie eine Fliege mit einem widerlichen Sirren und man muss sich in Acht nehmen vor flachen Händen.«

»Warum tut es so weh« und »sich in Acht nehmen vor flachen Händen« – damit ist in kürzester Form beides genannt: das Gefängnis, das qualvoll im Kopf haust, durchs Schreiben zu zähmen, und die Drohung des Polizeistaats, wegen des Schreibens über seine Gefängniszeit wieder ins Gefängnis zu kommen.

Die Umstände der Veröffentlichung von *Für ein Lied und hundert Lieder* erinnern an das Erscheinen von *Doktor Schiwago* vor ungefähr 50 Jahren. Pasternak wollte unbedingt, dass sein Roman bei Giangiacomo Feltrinelli in Italien erscheint. Es wurde wie im Krimi: Feltrinelli führt die Methode ein, dass nur der ein sicherer Bote ist, der Pasternak die Hälfte eines Geldscheins zeigen kann, dessen andere Hälfte in Feltrinellis Besitz ist. Und Pasternak schickt eine Nachricht auf Zigarettenpapier, dass von ihm nur auf Französisch geschriebene Briefe gültig sind. Der

Grund: Das ZK der KPdSU versuchte alles, um die Veröffentlichung zu verhindern. Durch sowjetische Delegationen wurde die KP Italiens aufgefordert, bei der Verhinderung des Buches behilflich zu sein. Und Pasternak wurde gezwungen, Briefe zu unterschreiben, in denen er die Veröffentlichung selbst untersagt. Und der Vorsitzende des sowjetischen Schriftstellerverbandes Alexei Surkow tauchte persönlich in Mailand bei Feltrinelli auf und versuchte mit gefälschten Erklärungen Pasternaks die Veröffentlichung zu hintertreiben. Feltrinelli beschreibt ihn als »mit Sirup übergossene Hyäne«. Pasternak blieb konsequent. Er wollte die Veröffentlichung, koste es, was es wolle.

Auch die chinesische KP wollte Liao Yiwus Buch mit allen Mitteln verhindern. Der Druck auf den Autor wurde enorm. Er musste den chinesischen Behörden versprechen, dass er die Veröffentlichung in Deutschland nicht mehr wolle. Der Fischer Verlag wusste jedoch, dass sie sein sehnlichster Wunsch war. Aber er musste das Erscheinen – sogar halb gegen den Willen des Autors – verschieben, um ihn vor der Verhaftung zu schützen. Auch als Liao schon mitteilte, er bestehe auf der Veröffentlichung, er werde, wenn es sein muss, dafür auch ins Gefängnis gehen. Zum Glück kam es nicht so.

Im Falle Liao Yiwus wurde die Einmischung Chinas ein Fiasko. Aber in anderen Fällen gelingt sie. Auf einer deutsch-chinesischen Gruppenausstellung sollte eine Serie von 12 Fotos eines bekannten deutschen Fotografen gezeigt werden. Nach chinesischer Zensur sind davon nur 2 Fotos übrig geblieben. Und die Kuratoren und der deutsche Künstler haben das akzeptiert.

Zu Pasternaks Zeiten brauchte man für die Verhinderungen Intrigen, Geheimdienstpläne und Delegationen. Heute besorgen ehemalige Manager großer deutscher Unternehmen diese Angelegenheiten. Sie buhen, wenn die Verweigerung eines Visums für Tilman Spengler bei der Ausstellungseröffnung erwähnt wird. Sie sind verblendet von ihren Wirtschaftsbilanzen. Aber chinesische Schmeicheleien verblenden auch Schriftsteller. Juli Zeh erklärte bei einem China-Besuch, sie verstehe vollkommen, dass man, um einen Bürgerkrieg in China zu verhindern, die Daumenschrauben anziehen, potentielle Aufwiegler verfolgen und ins Gefängnis sperren, Presse zensieren, Internetkommunikation einschränken müsse. Und sie fragt, wer würde es denn wagen, sich hinzustellen und zu fordern »Führt Demokratie ein, und zwar sofort«.[1]

Ja, wie Pasternak hat auch Liao Yiwu bis zum Erscheinen seines Buches viel auf sich nehmen müssen: Hausdurchsuchungen mit mehrmaliger Konfiszierung des Manuskripts, sture Neuanfänge unter fortwährender Überwachung. Und wir haben der Integrität und moralischen Verantwortung Liao Yiwus zu danken, dass er nicht losgelassen hat, bis es fertig geschrieben war.

Aber nicht nur wegen der gleichen Entstehungsodyssee, sondern auch wegen des Inhalts fällt einem Pasternak ein. *Für ein Lied und hundert Lieder* öffnet uns die Augen. Wie im vorherigen Buch *Fräulein Hallo und der Bauernkaiser* schauen wir unter die Glanzfolie des neureichen, machthungrigen Imperiums. Ein Staat, der seine Gefängnisse und Lager nach dem Vorbild des Gulags verwaltet, ist kein moderner Staat, sondern ein maoistisches Relikt im Tarnanzug eines Wirtschaftswunders. Den Preis dafür bezahlt das Volk mit Entmündigung und Repression.

Diese Tatsachen sind das Eine. Aber das Andere ist die große literarische Kraft dieses Buches. Durch seine Sprachmacht wird es schnauzkalt und hautwarm, zornig und charismatisch. In der Zelle lebt man im Sekundentakt. Sadismus und Mitleid wechseln sich unvorhersehbar ab. Ein und derselbe ist mal ein Monstrum, mal ein Häuflein Elend. Jedes Verhalten ist verrückt normal, so wie das Gefängnis selbst. »Dass im Untersuchungsgefängnis jemand tot gemacht wird, das war so alltäglich wie Reis zum Essen«, schreibt Liao.

Die Brutalität der Diebe und Mörder wird nicht verharmlost, sondern gerade durch ihre genaue Beschreibung entdämonisiert. Sie wird unter diesen Bedingungen unausweichlich legitim. Denn der Grund für die Entmenschlichung der Gefangenen, sagt Liao, ist der chinesische Staat selbst, seine »uralte Tradition, Verbrechen mit Verbrechen zu regieren«. Es ist die literarische Kunst von Liao Yiwu, dass sich der Sarkasmus in den Sätzen immer als die Rückseite der Pein zeigt. Die dokumentarischen Passagen des Buches werden von poetischen durchkreuzt. Diese Mischung bohrt sich beim Lesen nicht nur in den Kopf, sie drückt auf den Magen. Liao Yiwus Sprache wirkt körperlich, weil sie körperlich erlitten ist. Sie hat wie er selbst Entmündigung und Folter geschluckt, poltert und flüstert durcheinander und macht sich endlich frei.

Die zum Tode verurteilten Mitgefangenen heißen schon in der Zelle »der tote Chen« oder »der kleine Tote«. Dieser ist erst 19 Jahre alt. Seine Mutter hatte mit ihm sexuelle Beziehungen und hat ihn mit anderen betrogen. Er hat sie mit dem Messer regelrecht geschlachtet. Zum Tode verurteilt in der Zelle sagt er aber auch: »Die Ratte schließt ihr Nest und fühlt auch was dabei, ganz zu schweigen vom Menschen.« Und ein anderer Todeskandidat sagt: »Das Einzige, was ich verspielen kann, bin ich selbst.« Denn Hinrichtungen finden statt. Und Liao schreibt für viele ihr Gnadengesuch, dann vor dem Tod ihren letzten Brief an die Angehörigen oder ihr Testament. Und wenn einer für die Hinrichtung aus der Zelle geholt wird, heißt es im Buch: »Er hat sich auf den Weg gemacht.« Das ist so gütig gesagt, dass es einen kalt überläuft. Aber dann liest man noch, dass den Todeskandidaten in der Nacht vor der Hinrichtung in einer Extrazelle vom Gefängnisarzt das Blut abgezapft wird. Der Staat nimmt sich auch das.

In der Zelle gab es nur für zwei Stunden im Monat Stift und Papier, in der Zeit mussten an die zehn Briefe fertig sein. Demnach konnte sich Liao kein einziges Gespräch notieren. Also sind die Dialoge fiktional, aus dem Gedächtnis rekonstruiert. Und dabei kriegen die Wortgefechte eine Hitze, halten alle Gefühlsregister durch, Zorn, Sadismus, Anteilnahme, Deprimiertheit, Verlassenheit und Einsamkeit.

Und genauso aufwühlend sind die Bilder der Landschaft: »Die Mondsichel war noch röter geworden, ich legte mich in diese Wunde, die Sterne als grünköpfige Mücken verschlangen den endlosen nächtlichen Dämmerschein.« Oder: »Die Straßen warfen ein spärliches Licht, es war wie auf dem Mond; die Hochhäuser lösten sich eines nach dem anderen im Himmelgewölbe auf, die kleinen Gassen waren unergründlich tief, wie von Traumlampen projiziert erschienen gemeine Gedanken an ihrem Ende.«

Und über sich selbst schreibt Liao: »Ich hörte meine Seele davonlaufen«, oder: »Mein Herz war wie tote Asche.«

Das Massaker-Gedicht, das Liao schon vier Stunden vor dem Massaker am 4. Juni geschrieben hat, wurde ihm zum Verhängnis. Diese Todesklage, diese Sturzflut von Bildern:

»Mütter verschlingen ihre toten Kinder!

Kinder verführen ihre Eltern!

Frauen verraten ihre Männer!

Bürger verbrennen ihre Stadt!«

Und die Soldaten: »Sie putzen die Stiefel mit dem Rock toter Mädchen.« Und immer wieder refrainartig:

»Knallt sie ab! Knallt sie ab! Stillt eure Sucht! Schießt in den Kopf!«

Geschrieben, man müsste sagen, geschrien, ist dieses Totengedicht im panischen Imperativ, im Befehlston der Ohnmacht. Dieser umgekehrte Imperativ hat eine Wucht, er will die Armee am Töten hindern.

Und nach dem Blutbad, in seiner Resignation schreibt Liao: »Das Massaker geschieht in drei Welten. In den Flügeln der Vögel, in den Schuppen der Fische, im feinsten Staub.«

In diesem Buch stehen die ungezählten grausig schweren Tatsachen geschrieben in einem glitzrigen Sprachwirbel. Und nichts verrutscht diesem Autor. Außerdem ist dieses Buch eine großartige Erinnerungsleistung. Ein phänomenales Gedächtnis im Danach kann aber nur durch die Beobachtung von damals, also während des Erlebens zustande kommen. Ich kenne aus den Berichten Oskar Pastiors über das Arbeitslager, das unbewusste, aber umso genauere Registrieren am »Nullpunkt der Existenz«. Es wird wohl bei Liao genauso gewesen sein – die Wahrnehmung arbeitet pausenlos, mal absichtlich, mal unbewusst. Am »Nullpunkt der Existenz« klickt der Kopf und speichert die Sekunden. Ein Schnappschussinstinkt, der selbständig und sogar gegen einen selbst funktioniert. Die kaputten Nerven erzeugen einen Beobachtungszwang. Die widerwärtige Nähe, in die man in Lagern und Gefängnissen gepfercht ist, wird durchs besessene Fixieren noch quälender. Der Beobachtungszwang zerrt jedes Detail ins Persönliche, frisst die letzte Kraft, die man für sich selber bräuchte.

Und trotzdem ist dieser Beobachtungszwang eine Gnade, weil er die Menschlichkeit erhält, indem er einen hinterrücks schont – wahrscheinlich sogar rettet. Denn wer beobachtet, ist zur Hälfte außerhalb, auch wenn er ganz drin ist. Und da, wo Verwahrlosung und Vegetieren befohlener Zustand sind, wird Beobachten zur einzig möglichen geistigen Beschäftigung. Die Wahrnehmung ist eine Qual und die Qual der Wahrnehmung eine Gnade.

Qual und Gnade bleiben in diesem Buch immer beisammen, sie wissen übereinander Bescheid. Denn der Antrieb beider ist die Selbstbeobachtung. Das Gefängnisbuch Liaos ist eine Kopfinszenierung, die das Erlebte als Selbstgespräch mit allem, was geschehen ist, ins Gedächtnis zurückruft. Dieser Rückruf ist immer auch ein Rückfall, das Erlebte vergrößert sich, weil es nachher abstrakt existiert – aber innen im Kopf als Phantomschmerz und schwelende Angst. Diese Angstfantasien nennt Liao »die jenseitigen Zärtlichkeiten«. Man wird sie sein Lebtag nicht los, weder daheim noch in der Fremde. Sie gehen nie weg, kommen aber wieder.

»Alter glatzköpfiger Freund« nennt der Friedensnobelpreisträger Liu Xiaobo Liao Yiwu. Die beiden gehören zusammen. Sie haben uns, jeder auf seine Art, die Augen für das heutige China geöffnet. Aber Xiaobo sitzt im Gefängnis für seine brillante Charta 08, ein kluger Katalog mit Reformvorschlägen für ein demokratisches China. Darin besteht sein »Verbrechen«. Eitelkeit und Angst vor dem Machtverlust der kommunistischen Ewigkeitspartei sind so maßlos, dass Liu Xiaobos Hoffnung auf Veränderung ihm elf Jahre Gefängnis beschert hat. Dass dieser Selbsterhaltungswahn des Regimes nicht nur der totale Gesichtsverlust, sondern implizit auch eine Bankrotterklärung ist, schert die eisernen Genossen nicht. Verbissen und blind schützen sie ihre Alleinherrschaft. Auch den Zickzackkurs der Gemeinheiten, mit dem sie derzeit Ai Weiwei vor sich hertreiben, kann man nur so erklären. Da wird gefälscht, was das Zeug hält, um die benötigten »Verbrechen« zu erfinden. Aber das Zeug hält gar nicht – die Vorwürfe widersprechen sich –, gestapelte Willkür. So wie auch das Urteil für Liu Xiaobo nicht einmal durch die chinesischen Gesetze legitimiert ist. Auch Willkür.

Ich bin glücklich, dass es Liao Yiwu gelungen ist, statt ins Gefängnis hierher zu uns, in unsere Fremde, zu kommen. Es ist für ihn ein bitteres Glück, weit größer, als man es fassen kann. So ein bitteres Glück ist an und für sich mehr wert als glattes Glück – es hat immer zu viel gekostet, aber einem noch mehr erspart. Vom bitteren Glück wird man nicht getragen, man hat es zu schleppen. Es herrscht über einen mit allen seinen »jenseitigen Zärtlichkeiten«.

Heimat, das ist der Ort, wo man geboren ist und lebt.

Oder geboren ist, lange gelebt hat, dann gegangen und immer mal wieder zurückgekehrt und wieder gegangen ist.

Für gerettete Verfolgte ist Heimat der Ort, wo man geboren ist, lange gelebt hat, geflohen ist und nicht mehr hindarf.

Man sagt sich: Hol sie der Teufel. Doch das klappt nicht. Diese Heimat bleibt der intimste Feind, den man hat. Man hat alle, die man liebt, zurückgelassen. Und die sind weiter so ausgeliefert, wie man selber war: Wenn sie nicht schon im Gefängnis sind, müssen sie »sich in Acht nehmen vor flachen Händen«.

Seine Heimat wird Liao Yiwu in nächster Zeit nicht betreten dürfen. Aber das bittere Glück ist schlau – es verwechselt absichtlich Heimweh mit Heimwehlosigkeit. Und es ist ein exzellenter Meister des Konjunktivs. Es sagt einem klipp und klar: Du hättest doch nie so sein wollen, wie du hättest werden müssen, wenn du hättest daheimbleiben dürfen. Dieser Konjunktiv ist nicht mehr Wunschform, sondern Fazit. Er vertreibt alle Wehmut, wissend, dass sie, ohne wegzugehen, wiederkehrt. Aber auch der Meister Konjunktiv kommt wieder.

Wir reden von Heimat – ich glaube, das bittere Glück ist die Heimat des Konjunktivs. Im Exil spürt man das jeden Tag mit diesseitiger Wut und »jenseitigen Zärtlichkeiten«.

Lieber Yiwu, zum bitteren Glück wird auch das glatte Glück kommen. Eigentlich ist es heute schon da.

SCHAU, WIE SIE LACHEN. NEIN, SIE WEINEN

Seit vier Jahren kaufe ich in diesem Fleischerladen ein. Ich bin eine Stammkundin und kenne die junge Verkäuferin. Heute verlange ich zum ersten Mal ein halbes Kilo gemahlenes Schweinefleisch. »Hackepeter«, sagt die Verkäuferin zu mir. Ich verstehe nicht, dass sie mich nicht versteht, und wiederhole: gemahlenes Schweinefleisch. Sie sagt wieder »Hackepeter«. Ihre Stimme wird unnötig hoch. »Gehacktes vom Schwein mit Salz, also Hackepeter.« Sie meint das, was ich meine. Aber sie will meine Abweichung vom »Hackepeter« nicht akzeptieren und wartet darauf, dass ich ihren »Hackepeter« wiederhole. Das kann ich nicht. Mir kommt es vor, als würde ich zerhackten Peter, ein halbes Kilo Menschenfleisch, verlangen. Das sage ich nicht. Ich sage bloß, das Fleisch sei doch durch den Fleischwolf gedreht, also gemahlen, und nicht mit dem Beil oder einem Messer gehackt. Und es sei doch vom Schwein und nicht vom Peter. Es habe aber mit Hacken und Peter zu tun, weil es eben Hackepeter ist, gibt sie mir zurück.

Wenn die Verkäuferin nicht unnötig die Stimme gehoben hätte, als wolle eine freche Dahergelaufene etwas Vertrautes außer Kraft setzen, hätte die Diskussion vergnüglich werden können. In »Hackepeter« steckt makabrer Witz, den ich mag. Aber die Verkäuferin wollte sich vom Hackepeter nicht trennen. Als wären beide ein Paar. Amüsiert habe ich mich innerlich doch, aber ich war darauf bedacht, dass man es nicht merkt.

Neben mir stand schon der nächste Kunde. Ein Mann um die 60 Jahre. Er neigte den Kopf zu weit nach vorn, sein kalter Blick griff mir an die Wange. Während ich meinen Hackepeter an der Kasse bezahlte, verlangte er extra laut: »Zwei Pärchen Landjäger.« Eine zärtliche Betonung lag auf dem Wort »Pärchen«. Ich sah auf dem Bildschirm der Rechenmaschine den Preis meines Hackepeters als vier weiße Zahlen klicken, und jede Zahl wurde ein kleiner homosexueller Jäger, der mit seinem Liebsten ins Grüne zieht. Ich begann laut zu lachen, und der Mann sagte: »Kauf doch besser Kartoffeln, mehr verstehst ja eh nicht.«

Wie ist das mit dem Humor? Seit ich nach Deutschland gekommen bin, ist er da, wo ich ihn ausmache, nicht erlaubt. Und umgekehrt da, wo er sich für die Deutschen aufhält, für mich nicht vorhanden. Unsere Vorstellung von Witz ist verschieden, unsere Pointen treffen sich nicht, laufen apathisch oder provozierend aneinander vorbei. Man kann in einem fremden Land alles schneller und einfacher lernen als den Humor. Weshalb glaubte der Kunde, seine zwei Pärchen Landjäger gegen mich verteidigen zu müssen? Sie waren durch mich nicht gefährdet. Die Pärchen der Landjäger klangen rührend, ich hätte kein Problem damit gehabt, sie zu übernehmen, hätte vielleicht beim nächsten Einkauf diese Würstchen gekauft, um »zwei Pärchen Landjäger« laut auszusprechen. Aber es kam anders.

Anders als in Rumänien gehört der Humor in Deutschland nicht als immer mitlaufender zweiter Faden zum Werkeln der Finger und Drehen des Augapfels dazu. Die schmale Freundlichkeit im Alltag beschränkt sich auf das funktionale Lächeln mit unverbindlichen Worten. Es kommt nicht zu lustigen, sarkastischen oder zynischen Situationen und darin zur gegenseitigen Bestätigung der eigenen Geringschätzung. Man verbietet sich, im spontanen Hin und Her zwischen zwei Personen eine verbindliche, inhaltlich geschlossene Nebenbeigeschichte zu fabrizieren. Wenn sie dennoch entsteht, ist sie ein Unfall, weil nicht beidseitig gewollt, sondern vom einen abgewehrt und als Verletzung empfunden.

Ist ein Humor, der die Selbstachtung aus spielendem Selbstzweifel baut, wie ich ihn mitbringe aus einer entfernten, an Repressalien, Armut und offizielle Lügen gewöhnten Gegend, nicht transportabel, weil man, abgesichert im Gelände der Menschenrechte, nicht lernen musste, auf seinen eigenen Wert zu pochen durch den Knick des Zweifelns? Wieso hat man gerade hier Angst vor dem Alltagsspiel des Infragestellens? Wenn ich in Rumänien eine der schäbigen gummiartigen Schweinshaxen verlangte, weil es nichts anderes gab, und von der Verkäuferin einen »Turnschuh« verlangte, gab es keine Probleme. Der Zynismus war hier Realismus.

Humor entsteht für mich aus den Unsicherheiten der Details durch und durch bekannter Verhältnisse. Unsicher und bekannt, das ist kein Gegensatz. Die Unsicherheit entsteht unablässig, weil das durch und durch Bekannte jeden Tag hundertmal vertraut und wieder fremd wird. Weil das, was man weiß, ständig dorthin springt, wo man seiner nicht mehr Herr sein kann.

Ich habe in Rumänien dadurch, dass ich oft entlassen wurde und ständig gar keine oder eine kurzfristige neue Arbeit hatte, mehr als zwanzigmal meine Alltagsorte und Bezugspersonen vollständig auswechseln müssen. Ich bin durch dieses Leben wie im fahrenden Karussell zu der Meinung gelangt, Humor sei ein Schlüssel, mit dem man eine fertige, weil vorhandene Gruppe von Menschen, zu der man stößt, für sich öffnen kann. Man wird schnell aufgenommen. Jemand, der ankommt und, gleich nachdem er sich vorgestellt hat, die Gruppe zum Lachen bringt, hat in wenigen Sätzen das Eis gebrochen. Das lange Taxieren wird überflüssig, die neue Person wird umstandslos angenommen. Man hat verstanden, dass sie nicht ichsüchtig, schikanös vernörgelt ist, sondern auf gleicher Augenhöhe. Lustig bedeutet: nicht dogmatisch, sondern fähig zur Komplizenschaft, also menschlich.

Mit lustigen Menschen lässt sich das Schlimme teilen wie von selbst. Ich kenne aus Rumänien den Humor als Garantie für persönliche Nähe. Ich glaube bis heute an diese Garantie, an dieses aus der Selbstdistanz gemachte Funkeln, auf das jeder noch etwas draufsetzt, weil jeder Satz von sich selber überrumpelt wird, weil die Kleinstparabeln längst über sich hinausweisen, typisieren und auf vielerlei Situationen der kommenden Tage zutreffen werden. Weil mit jedem halsbrecherisch draufgängerischen Fetzen schon das Lachen für den nächsten Tag vorbereitet ist. Man wird von selbst aufs Heutige zurückkommen und es dem Lauf des Morgigen entlang weitertreiben, weil man es nötig hat.

Der Humor ist das Surreale, das auf der Hand liegt, und man braucht es zum Atmen, wenn man am Realen erstickt. Und Humor ist nicht nur Ulk. Er formuliert unbewusst über sich hinaus, er typisiert, und er ist eine Form der Analyse sozialer Verhältnisse – die unkomplizierteste, angenehme Art, etwas einzuordnen. Er ist die natürliche, direkteste Art, zu durchschauen und zu begreifen. Er ist intimer Umgang, ohne auch nur ein einziges Wort über sich selber sagen zu müssen. Deshalb haben Diktaturen so Angst vor seinen Abgründen. Der Humor präzisiert im schallenden Lachen den Zustand der Existenz, um sich ja nicht zu belügen, betreibt er den Erdrutsch, rückt den Tatsachen mit Gefühlsausbrüchen zu Leibe. Und darin liegt seine Zweischneidigkeit: Genauso rasch, wie er befreiend wirkt, wird er gnadenlos, mal unabsichtlich verletzend, wenn er nicht passt, oder als regelrechte Fertigmache, wenn er absichtlich und treffsicher auf Demontage steuert.

Kann man Humor lernen? Kann man es erlernen, wenn es am aussichtslosesten ist und man am wenigsten die Kraft dazu hat, sich still in den Kopf oder jemand anderem laut zu sagen: »Ich bin so müde, dass ich vor Hunger nicht weiß, wo ich heute Nacht schlafen soll.« Kann man für sich selbst darauf bestehen, es gerade deshalb zu denken oder zu sagen, weil man am wenigsten Lust dazu hat, gerade weil es einem gegen den Strich geht? Ja, man kann. Man kann auf den Geschmack kommen, dass es hilft, wenn man sich entschließt, im Aussichtslosen noch einmal verbal gegen sich selber vorzugehen. Denn man verschlimmert nichts dadurch, sondern man verbessert seinen inneren Standpunkt, obwohl man den äußeren nicht verändern kann. Man kann Humor erlernen, auch wenn er im Milieu der Herkunft nicht vorhanden war. Man kann sich dafür entscheiden, gegen alles aus der Kindheit Mitgebrachte, weil man andere Leute dafür beneidet hat. Man hat gespürt, dass sie Glücksmomente haben, eine helle Aura, in der sie mit sich und den anderen durch die innere Freiheit torkeln. Sie haben einen im Vergleich armselig aussehen lassen. Man hat begriffen, dass ihre wegwerfenden Gesten keinen zusätzlichen Verlust bedeuten, sondern Inbesitznahme des Augenblicks auf dem kürzesten Weg durch die unwirkliche Tür.

Im Milieu meiner Herkunft, im banatschwäbischen Dorf, war der Humor verpönt. Ein von meiner Großmutter alle paar Tage wiederholtes Verdikt lautete: »Am Lachen erkennt man den Narren.« Ich sagte als Kind, wenn die frisch geschlüpften Schwalben mit den gelb gesäumten, in die Breite laufenden Dreiecksschnäbeln übern Nestrand quietschten: »Schau, wie sie lachen.« Und meine Mutter sagte sofort: »Nein, sie weinen.« So wollte sie die Welt haben, so mussten die Dinge aussehen. Den anderen, umgekehrten Zugriff hat sie sich verboten.

Ich habe, bis ich mit fünfzehn in die Stadt ging, keinen Mund in diesem vor Strenge knirschenden Kaff herzhaft lachen hören. Sicher, die Zeitläufte hatten gewütet in ihrem Leben. Erster und Zweiter Weltkrieg, danach Deportation ins Sowjetimperium zur Zwangsarbeit. Schuften, Unterernährung, an chronischem Hunger im sibirischen Frost beinahe krepieren. Dann Enteignung durch den Staat, aus Feldbesitzern wurden Habenichtse. Aber daran war nichts zu ändern, sie hatten überlebt und wohnten wieder unter diesem Stück Himmel, so prüde und verkniffen, dass es wirklich Übertreibung wäre, würde man statt Wohnen Leben sagen. Als ich den Stadtasphalt betreten hatte, bin ich auf den Geschmack des Lachens gekommen. Ich wurde ihnen abspenstig. Ihre ernsten Gesichtsknochen sahen wie unterkühlte Zimmer aus. Ich wurde den Verdacht nicht los: Sie hätten sich in diesen zwanzig Jahren nach den Katastrophen von den zweifellos schweren Beschädigungen erholen können, sie hätten, statt nur zu wohnen, leben können, wenn sie das Lachen nicht mit Verachtung gestraft hätten. Sie haben kollektiv gekniffen, aus Selbstmitleid geklagt oder geprotzt und daher politisch nichts durchschaut. Sie haben kleinmütig pariert, nie mit Unterwanderung hantiert.

Ich schlug mich in der Stadt mit Verhören, Hausdurchsuchungen, Verhaftungen von Freunden, Todesdrohungen durch den Geheimdienst herum. Ich wusste längst, wie staatlich gebaute Todesangst aussieht, wenn sie einem in die Poren kriecht. Ich war dem Regime längst Staatsfeind, zur Jagd freigegeben. Aber nie hat mich von diesen Angehörigen einer gefragt, ob ich Angst vor dem Zerbrechen habe. Ihre gealterte Beschädigung nahm keine Notiz davon, dass das Kaputtgehen an meiner Haut täglich zugange war. Sie kauten mir an den Wochenenden, wenn ich sie besuchte, ihre Vergangenheit zum tausendsten Mal ins Gesicht, sonst nichts – keine Neugierde, kein Versuch der Anteilnahme. Ich ließ es abwesend geschehen, tat, als würde ich zuhören, schwieg, erwähnte mich nicht. Ich war bei ihnen längst nicht mehr zu Hause, sondern auf dem Asphalt, wo man mir nachstellte.

Ich brauchte das Lachen, den Humor als weißes Trampolin für dunkle Ecken. Und ich erinnerte mich an die Prügel, die ich als Kind bekommen hatte wegen meiner Lachanfälle. Ich hatte sie manchmal bei Beerdigungen und wenn jemand im Haus schlimm stürzte. Sie schlugen mich, weil sie nicht begriffen, dass Lachanfälle nichts mit Freude zu tun haben, sondern Fallen sind. Sie schnappen zu, und man muss sich abwärts lachen. Und sie verknoten den Nerv, den man glatt haben müsste für den Halt. Im Lachanfall vergrößert sich der Schrecken. Und nach dem Lachanfall dann diese schockierend klare Stille, wie ein Glasauge schaut sie einen an – diese wahllos selbstzugefügte, splitternackte Blamage.

DAS CHINESISCHE GLASAUGE

In der Armut ist die Wahllosigkeit, in der Dinge nebeneinander existieren, nur scheinbar dem Zufall überlassen. In Wirklichkeit ist diese Wahllosigkeit, wenn man sie jahrelang angeschaut hat, die bewusste Anordnung der Misere. Sie ist in den Läden äußerlich so organisiert wie innen im Körper der Menschen. Die Gesten und das Denken und Sprechen leben sich ein in der Armut und passen sich an. In Diktaturen gehören Armut oder Mangel zu den Instrumenten der Macht. Ideologien auf dem Papier reichen zur Beherrschung nicht aus. Da, wo sie umgesetzt werden, sind sie die Umgebung, in der gelebt wird. Sie sind das Land. Die Armut im Land ist Bestandteil und geplante Folge der Ideologie. Die Regierenden sind davon nicht betroffen, sie haben versteckt im armen Land ihren reichen Staat.

Es war in den 80er-Jahren in Temeswar. Im Schaufenster einer Konditorei lagen in der einen Glasdose alte Bonbons, aus denen im heißen Sommer die rote und grüne Zuckerglasur geschmolzen, durcheinandergeronnen und, als es kühler wurde, wieder hart und glänzend wie Glasmehl kristallisiert war. Und es lagen in der Glasdose daneben Rasierklingen. Und in der nächsten Glasdose lagen Streichholzschachteln. Jahrelang lagen diese Dinge nebeneinander. Und ich dachte mir jahrelang, ich müsste als einzelner Mensch, der diese Glasdosen täglich sieht, der

Anordnung ihrer Inhalte gerecht werden. Wenn ich mir dieses Stückchen Welt, das jetzt vor meinen Augen steht, aneignen will zum Leben, müsste ich eine Beschäftigung finden, in der sich diese nebeneinander durchs Glas blickenden Dinge kurz nacheinander gebrauchen lassen:

Ich könnte einen Bonbon lutschen und dabei eine Rasierklinge in der einen Hand halten und mit der anderen ein brennendes Streichholz. Ich könnte die Rasierklinge mit der Flamme des Streichholzes erhitzen. Der Bonbon im Mund würde eine Weile halten. Das Streichholz wäre jedoch schnell abgebrannt und die heiße Rasierklinge würde schnell auskühlen. Also müsste ich, schon wenn ich die Rasierklinge zu wärmen beginne, wissen, was ich mit der heißen Schneide vorhabe: ein Stückchen vom Vorhang abschneiden oder die heiße Klinge unters kalte Wasser halten und horchen, wie es zischt.

Ich könnte ein Streichholz mit der Rasierklinge spitzen. Dann hätte ich einen Zahnstocher. Mit dem Zahnstocher könnte ich mir die Nägel putzen und dabei einen Bonbon lutschen.

Ich könnte zwei aneinanderklebende Bonbons mit der Rasierklinge auseinanderschneiden und die Rasierklinge mit einem Streichholz putzen.

Aber am häufigsten dachte ich bei diesem Szenario an meine Haut. Nur, weshalb sollte man die Klinge erhitzen, um sich in die Haut zu schneiden. Der Bonbon im Mund würde halten. Vielleicht lutscht man länger an einem Bonbon, als an beiden Handgelenken die Adern brauchen, um auszubluten.

Dies sind Versuche, vor den Dingen zu bestehen. Obsessionen, die mich täglich durch die starren Dinge jagten. Die Obsessionen, mit der Umgebung fertig zu werden, machten mich lebendig. Ich stand darüber, weil ich, um mir das zu denken, im Kopf Gedanken brauchte, die öffentlich verboten waren. Und Gedanken im Kopf sind Sprache. Es gab keinen einzigen Satz in diesen Gedanken, den ich öffentlich hätte sagen oder in einer Zeitung hätte schreiben dürfen. Ich musste zwischen mir und den Dingen Konstellationen erfinden, weil diese täglich variierbar waren. Und weil ich darin eine Rolle spielte, die ich selber bestimmen konnte.

Mit der Sprache im Kopf an den äußersten Rand der Dinge gehen gab den Eindruck, die Welt, die durch die absurde Leblosigkeit der Diktatur für immer eingerichtet war, zu verändern. Da die Veränderung nur im Kopf und keinen Zentimeter jenseits davon passierte, war es Täuschung, was ich mit mir spielte. Aber nicht nur. Ich konnte täglich in der Stadt oder in der Wohnung vom Geheimdienst beschattet, verhört, durchsucht, verhaftet oder durch einen inszenierten Verkehrsunfall überfahren werden. Auf den Sitzungen in der Fabrik oder in der Schule konnte ich zur Unperson kritisiert werden. Aber in die Konstellationen der Dinge und Sprache in meinem Kopf reichte niemand hinein. Darin war und blieb ich selbständig, undurchschaubar und unerreichbar. Und so geschah es, dass ich mich gerade auf Sitzungen dieser Konstellationen bediente.

Der erste Teil der Sitzung galt dem parteipolitischen Zeremoniell. Das Ablesen von Zahlen und Prozenten des Fortschritts und die Zitate aus Ceaușescus Reden hatten den Stundenzeiger der Uhr schon zweimal ums Zifferblatt gedreht. Dann kam der zweite Teil der Sitzung mit Kritik an Personen, an »negativen Elementen«, die dem Fortschritt, von dem im ersten Teil die Rede war, im Wege standen. Ich wurde wichtig im zweiten Teil, zum

Thema der Sitzung und Gegenstand der Kritik. Darum verhielt ich mich auch wie ein Gegenstand. Statt zuzuhören, was über mich gesagt wird, schlüpfte ich aus dem Geschehen hinaus. Ich setzte in meinem Kopf die Konstellationen in Gang. Ich übertrug die Gegenstände aus den Glasdosen der Konditorei auf die jetzige Situation. Die Stimmen der Sprechenden hörte ich dicht neben mir von weitem, so wie man den Wind mithört, ohne darauf zu achten, weil man mit etwas anderem beschäftigt ist. Ich sah am Präsidiumstisch die Rasierklingen an den Sprechenden. Im Saal, in den Gesichtern hinter den applaudierenden Händen sah ich die Bonbons, die in der Hitze rot und im Hass grün verschmelzen – denn wenn die Pointen der Vernichtung besonders stark waren, durfte, sollte, musste auch gelacht werden. Und in mir spürte ich das Streichholz liegen, das sich in dieser Sitzung nicht entzünden wird. Ich war gleichzeitig so weit von den anderen weg und so unerlaubt nahe bei ihnen, dass Parabeln entstanden in meinem Kopf. Das Geschehen war so vergrößert, dass es zur allgemeinen Abstraktion erstarrte und im genauen Detail zitterte. Ich sah mich von außen, auch wenn in mir alles heiß und kalt durcheinander war. Niemand konnte mich wegreißen von meinen Bonbons, Rasierklingen und Streichhölzern. Ich stand auf diesen Krücken und übte mitten im äußeren Geschehen den inneren Halt. Ich rechtfertigte mich mit keinem Wort, ließ die Angriffe ins Leere laufen. Das Weghören sieht man. Und wenn man es merkt, kann man es nicht beweisen. In jedem Moment der Sitzung musste der Lauf meiner eigenen Gedanken in der Stirn sein. Ich durfte mich den Leuten im Saal keinen Augenblick aus der Hand geben. Das Sprechen in den eigenen Kopf nahm mich ihnen, den anderen, weg.

Gegenstände übertragen auf Menschen, weil ich als Gegenstand behandelt wurde. Und weil ich längst damit angefangen hatte, mich in eigene Gedanken und Details zu verstricken, wenn ich mit mir allein war. Ich hatte Übung darin. Kein staatlicher Eingriff konnte mich dabei stören.

Manipulierte Sprache und manipulierte Menschen – dies ist ein und dasselbe. Man kann über Sprache nichts sagen. Denn wo ein Umstand, auch ein sprachlicher, in menschenleerem Überblick eine Weile für sich zu stehen scheint, waren kurz davor Menschen anwesend und kurz danach kommen Menschen wieder hinein. Eine Reihenfolge im Manipulieren von Menschen, Sprache, Umgebung gibt es nicht. All das ist nur gleichzeitig zu denken. Voneinander losgelöst, ergibt es nichts, weil es ununterscheidbar ineinander übergeht.

Ideologien machen aus sprechenden Menschen das Gegenteil von sprechenden Menschen. Aus dem Gespräch das Gegenteil von Verständigung. Was sich im Rahmen des Erlaubten bewegt, was gesprochen werden darf, ist das zungenschlagende Nichtssagen: Versatzstücke und blinde Formulierungen. Sie magnetisieren sich, wissend, dass sie nur dann taugen, wenn je mehr von ihnen beisammen sind. Obwohl, wenn das erste ideologische Versatzstück fällt, alle anderen schon da sind, läuft das Geschehen so, als müsste man die Versatzstücke zusammentragen. Das dauert lange. Weil sich nichts ergeben kann und darf, muss die Dauer länger sein als das schrittweise Nachdenken. Diese Länge ist geplant als Ersatz für den fehlenden Inhalt. Und diese Länge ist besetzte Zeit und macht so müde, wie nur völlige Sinnlosigkeit machen kann. So müde wie das

Lesen von Ceauşescus Reden. Auch Müdigkeit ist Bestandteil des Herrschens.

Ceauşescus Reden füllten zwei, manchmal drei ganze Zeitungsseiten. Ein kleingedrucktes Buchstabengewimmel, man brauchte zwei, drei Stunden, um es zu lesen. Weil alles bekannt war, brauchte man länger als für jeden Text, der unerwartete Gedanken enthielt. Und man wurde davon so müde wie auf den Sitzungen schneller. So eine leere Müdigkeit hat man sonst nicht. Nach dem Lesen hätte man, wie nach der Sitzung, nicht wiederholen können, worum es ging. Es war kein Inhalt da, keine Sprache, außer in den wenigen Sätzen, die Strafe ankündigten für etwas, was am Tag davor noch nicht bestraft wurde. Nur die Verbote ließen sich im eigenen Wortlaut wiederholen. Man sollte sie sich merken. Und unter dem seitenlang gefüllten Nichts sollte der Verstand Ohnmacht spüren und sich begraben fühlen im Sprachschutt, der sich nicht erklären musste.

Genauso gab es in den privaten Gesprächen der Menschen von einer Schläfe zur anderen und auf den Zungen diesen Fleck, der bereit war, sich zu verzerren: die Versatzstücke als eigene, persönliche Sprache zu gebrauchen. So sagten in der Straßenbahn Leute, die ihre Fahrkarte von Hand zu Hand nach hinten reichten, meistens: Würden Sie meine Fahrkarte »perforieren« statt: Würden Sie meine Fahrkarte lochen. Es war die offizielle Sprachregelung des Regimes, die in die krasse Misere des Alltags das technisierte Wort des Fortschritts hineinlog. Genauso sprachen Leute im privaten Gespräch nicht mehr von der Druckerei der Stadt, sondern vom »polygraphischen Institut«. Es kamen jeden Tag über all die Jahre Wörter abhanden und wurden durch fertig manipulierte ersetzt. Schon das Wort

»Druckerei« war angesichts dieses eingezäunten, militärisch und geheimdienstlich streng bewachten Gebäudes mit uraltem Maschinengerümpel und Dreck überfordert. Aber die vom Staat eingeführte Bezeichnung »polygraphisches Institut« war eine Hochstapelei, eine Dreistigkeit. Wer diese staatliche Formel wiederholte, hatte die gefälschte Sicht übernommen und die Realität außer Kraft gesetzt. Zwischen der Realität und ihrer Bezeichnung stand der Wahn, der überall in diesem Land stand. In den Worten von Frieden, Glück, gleichem Recht, von der Solidarität, vom freiwilligen Arbeitseinsatz.

Ich hatte *LTI – Lingua Tertii Imperii*, das Buch über die Sprache des Nationalsozialismus von Victor Klemperer, gelesen. Es beschreibt die Entmündigung, die Indienstnahme alles Individuellen und die damit einhergehende Sprachmanipulation. Und ich habe gesehen, wie sich dieses Buch in meiner Umgebung, einer andersgearteten Diktatur, auf Kosten der Menschenrechte täglich weiterschreibt. Seine Methode ist die konsequente Wiederholung. Und wie im Wasser dehnt sich bei jeder Wiederholung der letzte Kreis ein bisschen weiter aus. Das Manipulierte wiederholt sich so oft und so schamlos über alle hinweg, bis die Kreise alles bedecken. Wenn die eigene Beurteilung verschwunden ist, dann ist die Täuschung gelungen.

Aus dem Unvermögen, dieser Manipulation zu entgehen, bildet sich ein Verhalten heraus, das Individuelles retten will. Es wird geflucht auf Schritt und Tritt. Lange Flüche, die Geschlechtsteile und Heilige durcheinanderwirbeln, sind eigene Sprache. Die Flüche variieren ihre Konstellationen wie ich die meinen mit den Bonbons, Rasierklingen und Streichhölzern.

Flüche sind lebendig. Die schlaffe, an sich selber müde und vergreiste Dauer der staatlichen Sprache kann sie nicht missbrauchen. Denn Fluchen heißt, solange die Wörter fliegen, leben und ganz persönlich sein. Die Wörter der Flüche kamen im offiziellen Lexikon der rumänischen Sprache nicht vor. Dennoch waren Flüche als emotionaler Zustand erlaubt. Es wurde Wut verausgabt und sie bewirkte nichts. Das Regime wusste, dass Verwünschungen noch nie etwas verändert haben. Anders war es jedoch bei politischen Witzen. Dafür gab es Gefängnis. Weil Witze sich aus dem emotionalen Zustand herausbewegten, weil sie das Regime oder sogar den Diktator zum Ziel hatten, eilte der Staat herbei.

Eine andere Kompensation in der aufgezwungenen Leblosigkeit war das auffällige Darbieten des Sexuellen: Je verschämter diese sexuelle Lust gezeigt wurde, umso aufdringlicher wurde sie. Verdrehungen der Hände beim Reden, Kichern, sich ins Haar fassen, Fingernägel putzen und die Nagelhaut herunterdrücken, den Gesprächspartner während des Redens am Knopf anfassen – daraus bestand das Repertoire, ohne dass ein direktes Wort dazu hätte gesagt werden müssen. Seinen Körper anzubieten, war selbstverständlich.

Aber es ging nicht nur um den erotischen Hauch des Körpers. Es ging oft auch um den sozialen Status, der ohne Anstrengung als selbstverständlicher, körperlicher Hauch daherkommen sollte. Viele Leute nähten sich Taschen auf die Hemdärmel. So konnte in diesen Taschen ein Päckchen ausländischer Zigaretten auf dem Oberarm getragen werden. Die Etiketten der ausländischen Sonnenbrillen, Kugelschreiber, Hand- oder Aktentaschen machte man nicht ab. Ohne sie wäre der Gebrauchsgegenstand nicht mehr das gewesen, was er zu sein hatte: ein Zeichen für den Zugang zur »besseren Welt«. Sogar ein Stück Freiheit. Es wusste ja jedes Auge, dass hinter den Zigaretten und Etiketten Geheimnisse, Schlauheit, Beziehungen steckten. Es waren dies nicht nur Gegenstände, sondern Geschichten, die sich selber erzählten, wenn man ausländische Gegenstände zur Schau trug. Von Devisen, Schwarzmarkt in verbotenen Netzen oder reichen Verwandten und Freunden im Westen, von Privilegien oder hohen Ämtern erzählten diese Geschichten. Auch das war Sprache, ohne zu sprechen, das Hin- und Herdrehen der Augäpfel, die einander abtasteten. Und der Besitzer wollte abgetastet werden. Er war hungrig nach diesem kurzen, grellen Herausgehobensein aus dem Gewöhnlichen. Und jede Geschichte, die diese ausländischen Gegenstände erzählten, war strafbar. Das machte sie kostbar.

Dieses individuelle, vom Staatsgehabe abweichende Verhalten, das unausgesprochene Geschichten erzählte und den Einzelnen gültig machte, war immer ein trauriges Changieren zwischen allgemeiner Parabel und zitterndem Detail. Da, wo man sich als Einzelner am stärksten spürte, war man sich selber am stärksten weggenommen. Das Individuelle, da, wo es sich durchsetzte gegen die Norm, war es schon im Ansatz verzerrt. Es stand der Wahn in den großspurigen Lächerlichkeiten, die man – um zu gelten – ernsthaft als Werte und Maßstäbe benutzte. Es stand der Wahn zwischen ich und du, zwischen er und sie und im Wir. Es wurde öffentlich alles im Wir gesagt, der Singular kam in der Staatssprache fast nicht mehr vor. Und im privaten Sprechen begannen viele Sätze mit: Wir müssen. Es wurde Gemeinsamkeit postuliert gegen Individualität. Aber es stand der Wahn nicht nur im Wir, er stand genauso im Ich. Im eigenen Kopf, wenn ich die Bonbons, Rasierklingen, Streichhölzer und mich selber dazu als eine einzige, nachvollziehbare Beschäftigung gebrauchen wollte. Darin stand der eigene Wahn gegen den staatlichen der Sitzung. Und der Wahn stand auch in der Ärmeltasche mit ausländischen Zigaretten und im Etikett der Sonnenbrille. Eine Tat mit einem Sinn, weil man bestimmen konnte, wie man darin vorkommt. So eine Tat, noch im Absurdesten war sie Garantie dafür, dass man den eigenen Verstand noch hatte.

Ich hatte Angst, eines Tages nur noch konstatieren zu können, dass ich mich längst verloren habe. Den Verstand so unauffällig zu verlieren wie ein Taschentuch – davor hatte ich Angst. Angst, dass andere, die eng bei der Norm sind, ihn finden und für den Staat gebrauchen. Ich wusste, dass ich mir ununterbrochen in den Kopf reden muss. Dass die Konstellationen der Bonbons, Rasierklingen und Streichhölzer der eigene Wahn sind gegen den Wahn der Norm. Und ich glaubte sogar, dass, was man sich selber in den Kopf sagt, am stärksten Sprache ist. Es sieht wie Schweigen aus, aber es ist die Substanz der eigenen Sprache. Die Sprache läuft in allem mit. Ob stumm aneinander vorbeigegangen oder redend voreinander gesessen wird, es bleibt sich gleich. Aber nur diese eigene Sprache, die wie Schweigen aussieht, weil sie im Kopf liegen bleibt, entscheidet, inwiefern und ob man die manipulierte Sprache bedient.

Ich stand wieder vor einem Laden in diesem armen Land. Im Schaufenster der Apotheke stand auf einer bunten Papierserviette eine Vase mit staubigen Plastikrosen. Davor lagen Glasaugen in einer Reihe: dunkel- und hellbraune, blaue und grünblaue, gesprenkelte. Man bekam in der Apotheke längst kein Verbandszeug mehr, kein Aspirin oder keine Nasentropfen. Auch die Regale waren mit Servietten ausgelegt. Von jeder hing eine gleich lange Ecke herunter. Nebeneinanderhängend, sahen die Ecken aus wie eine Reihe Häusergiebel, die kopfstehen. Aber es gab in dieser Apotheke ohne Medikamente eine Vitrine voller Glasaugen aus China. So verschieden wie ihre Farben waren auch ihre Größe und Wölbung. Ich rechnete mit einigen Fragen, aber die Apothekerin fragte mich kein Wort und ich sagte keins. Man konnte die Glasaugen kaufen ohne ärztliche Verschreibung, ohne Bedürfnis und ohne Maß. Und das tat ich. Die Entscheidung fiel mir nicht leicht. Ich ging alle Glasaugen durch. Ich kaufte mir ein hellbraunes, mittelgroßes, hochgewölbtes Glasauge, als würde ich Bonbons, Rasierklingen oder Streichhölzer kaufen. Am nächsten Tag bat ich einen Arbeiter aus der Fabrik, mir das Glasauge an einen kleinen Stift zu befestigen und den Stift an einen kleinen Metallring. Ich fädelte den Ring in meine Halskette. Ich trug die Halskette. Es war Sommer, das Glasauge wippte beim Gehen, mein Hals war frei.

Nach einigen Wochen, als ich mich an das Glasauge schon so gewöhnt hatte wie an einen Löffel oder eine Straßenbahnkarte, als ich das Wippen am Hals beim Gehen gar nicht mehr spürte, musste ich zum Arzt. Ich wartete lange, bis ich an die Reihe kam. Der Arzt saß, als ich eintrat, in der Abwesenheit, die zwischen zwei Patienten nötig ist und zu seiner Routine gehört, hinterm Schreibtisch. Mit abwesender Stimme fragte er, ohne mich anzusehen: Na, was ist. Ich fing an, ihm zu sagen, was mir weh tut. Da hob er den Blick, sah mich ganz kurz an. Sein Gesicht wurde dunkelrot, er sprang vom Stuhl und stieß mich zur Tür hinaus. Im Weggehen auf dem langen Gang hörte ich ihn »Scheißdreck« schreien. Er sprach das Glasauge nicht aus.

Das Glasauge, das ich beim Gehen nicht mehr wippen spürte und fast schon vergessen hatte, dass es an meinem Hals hängt, welche Geschichte hatte es ihm erzählt. Und was konnte er an dieser Geschichte nicht ertragen.

HERZWORT UND KOPFWORT

Deutschland und seine Exilanten

Zuerst muss ich Ihnen etwas über meine Ausreise aus Rumänien und meine Ankunft in Deutschland erzählen. Etwa zehn Personen saßen im Wartesaal des kleinen Grenzbahnhofs. Der Zug war längst eingefahren, stand draußen auf den Schienen. Alle anderen waren schon eingestiegen, alle außer meinem Mann, meiner Mutter und mir. Wir sahen uns an und dachten: Die lassen uns also nicht ausreisen, haben uns hierher genarrt und schicken uns heute Nacht im falschen Zug wieder zurück. Aber wo sollen wir dann hin? Die Wohnung hatten wir »besenrein« dem Staat übergeben müssen: jeden Gegenstand im Haus verscherbelt, verschenkt oder weggeschmissen. Außer einem Koffer hatten wir nichts. Und von den jahrelangen Schikanen der Securitate war ich mit den Nerven so fertig, dass ich das Lachen mit dem Weinen verwechselte. Ich setzte in diesem Warteraum ein starres Gesicht auf. Meiner Mutter zitterte das Kinn. Drei Polizisten fixierten uns, reden konnte man nicht. Ich stieß meine Mutter mit dem Ellbogen an und flüsterte: Nicht weinen, hast du verstanden. Dann gab es statt Einsteigen noch mal eine Körpervisitation, als hätten wir nach der ersten aus der Luft des Warteraums etwas Verbotenes einstecken können. Danach begleitete uns ein Polizist endlich zum Zug. Auf der Zugtreppe fasste er mich am Arm, als wolle er mir beim Einsteigen helfen.

Dabei sagte er: Nicht vergessen, wir kriegen euch überall. Wir hatten unser Abteil noch nicht gefunden, als der Zug losfuhr.

Erst als man durch neblige Laternen den ersten ungarischen Bahnhof sah, glaubte ich, dass wir wirklich fahren, dass der Zug uns nicht betrügt.

Aber da war noch etwas: Es war der 28. Februar 1987, in unseren Pässen stand jedoch der 29. Februar – ein Tag der gar nicht existierte – 1987 war kein Schaltjahr. Und wie die Rumänen es erhofften, hat diese letzte Schikane anderthalb Jahre bei jedem deutschen Beamten funktioniert. Egal worum es ging, jedem Beamten musste ich erst einmal erklären, dass dieser 29. Februar im Pass nicht meine eigene Schuld, sondern die letzte Mitgift der Securitate ist. Schon das allein dauerte manchmal eine halbe Stunde.

Wir kamen über Österreich, dort gab es einen Zwischenhalt für eine Fernsehaufzeichnung: Darin ging es um Ceauşescus Diktatur. Am nächsten Tag fuhren wir weiter nach Deutschland. In Nürnberg kamen wir ins Übergangsheim »Langwasser«. Und prompt fand eine Verwandlung statt: Am Vortag in Österreich noch Dissidentin, galt ich jetzt in Nürnberg als Agentin. Der BND und der Verfassungsschutz verhörten mich mehrere Tage. Schon das erste Gespräch war surreal:

Der Beamte fragt: Hatten Sie mit dem dortigen Geheimdienst zu tun?

Ich sage: Er mit mir, das ist ein Unterschied.

Der Beamte: Lassen Sie die Unterscheidung mal meine Sache sein, dafür werde ich schließlich bezahlt.

Als ich erzählen wollte, was mir in Rumänien alles zugestoßen war, unterbrach er mich. Naiv dachte ich, der Irrtum sei geklärt. Da sagte der Beamte: Wenn Sie dennoch einen Auftrag haben, jetzt können Sie es noch sagen.

Ich fragte ihn, wieso er sich nicht kundig mache, was in Rumänien war, bevor er mich verdächtigt. Darauf sagte er einen Satz, den die Vernehmer der Securitate immer sagten: Die Fragen stellen wir.

Die nächsten Gespräche kamen, und der Irrsinn steigerte sich. Ich bekam Faltbögen mit Gesichtstypen und sollte das Aussehen der Securisten beschreiben, mit denen ich zu tun hatte. Ich korrigierte ihn wieder: Sie hatten mit mir zu tun. Aber der Beamte stellte sich taub. Auf diesen Faltbögen ging es um Kleidung, Gesicht, Ohren, Fingernägel. Es gab für alles vorgedruckte Adjektive. Wenn ich sagte, ich habe die Ohren oder Fingernägel damals nicht wahrgenommen, ich war verzweifelt, ich hatte Angst, der bringt mich um, sagte der Beamte wie ein Automat: Denken Sie nach. Wie soll ich mich an etwas erinnern, was ich damals nicht wahrgenommen habe, fragte ich, hatten Sie schon mal so eine Angst? Er war wieder taub. Ich fragte auch, ob die deutschen Geheimdienste einen rumänischen Agenten an den Ohren oder Fingernägeln erkennen würden, wenn er nach Deutschland käme. Darauf kam wieder der Satz: Die Fragen stellen wir. Ich bekam ein, zwei Stunden Pause zum »Nachdenken«. Und wenn die Pause um war, fing alles wieder an. Das ging mehrere Tage. Bis ich mir vornahm, für alle Körperteile der rumänischen Geheimdienstler eines dieser deutschen, vorgedruckten Adjektive beliebig einzusetzen, damit die Verhöre ein Ende nehmen. Für die Kleidung gab es die Adjektive: elegant, schlampig, sportlich und zweckmäßig. Und ich sagte immer wieder: So wie Sie. Und der deutsche Vernehmer sagte jedes Mal mit Stolz in der Stimme: Also, dann kreuzen wir zweckmäßig an.

Unter jedem anderen Adjektiv konnte ich mir etwas vorstellen. Aber nicht unter »zweckmäßig«. Geht es diesem »zweckmäßig« um etwas Verstecktes, mit Bedacht ausgewählt, weil es für den Zweck, den man nicht durchschauen soll, gut ist? Meinen Geheimdienste also mit »zweckmäßig« Hinterhältigkeit? Eigentlich war nicht seine Kleidung »zweckmäßig«, sondern er selbst. Und daher zwang er auch mich, zweckmäßig zu werden, damit die Gesichtsformulare, die mich an Rassebilder aus dem alten Brockhaus meines Großvaters erinnerten, endlich mal ausgefüllt sind.

Das Absurde ging in allen Büros, die auf meinem »Laufzettel« standen, weiter. Als Sprachtest Substantive deklinieren, Verben konjugieren – den Sprachtest hatte ich bestanden. Trotzdem fragte man im nächsten Büro, ob ich politisch verfolgt oder Deutsche sei. Ich sagte: beides. Der Beamte sagte: Beides geht nicht, dafür haben wir gar kein Formular. Sie müssen sich schon entscheiden. Der Beamte fragte, ob ich in Rumänien auch verfolgt worden wäre, wenn ich, das, was ich getan hatte, als Rumänin getan hätte. Ich sagte: Ja, das wäre für einen Rumänen genauso riskant gewesen. Darauf sagte er: Da haben wir's doch, dass Sie also keine Deutsche sind.

Meine Mutter hatte längst alle Stempel auf ihrem Laufzettel. Sie war bereits Deutsche, sie hatte sich zur Familienzusammenführung bekannt, bekam ein paar Wochen später in Berlin umstandslos die deutsche Staatsbürgerschaft. Ich musste anderthalb Jahre warten. Von Zeit zu Zeit rief ich beim Bürgeramt an und bekam immer die Antwort: Rufen Sie nicht mehr an, Sie können nichts beschleunigen. Es sind eindringliche Recherchen nötig. Gleichzeitig bekam ich jedoch Todesdrohungen aus Rumänien und Besuch vom Verfassungsschutz, der mich warnte, dass mein Leben gefährdet sei. Er gab mir Ratschläge: Kneipen, die ich nicht betreten soll, nie in eine fremde Wohnung gehen, auf Reisen nie im Parterre wohnen, von Unbekannten keine Geschenke annehmen, Zigaretten in Restaurants nie unbeachtet auf dem Tisch liegen lassen, nie allein durch einen Park gehen und in der Stadt eine Schreckschusspistole in der Handtasche tragen. Nicht in und durch die DDR fahren, weil die Stasi mich im Auftrag der Securitate entführen und nach Rumänien verschleppen könnte. Dann können wir nichts für Sie tun, sagte der Verfassungsschützer, weil Sie ja keine deutsche Staatsbürgerschaft haben. Für den Verfassungsschutz war ich verfolgt und gefährdet, für den BND und die Einbürgerungsbehörde jedoch weiterhin eine Agentin. Jetzt sagte ich dem Verfassungsschützer, der im Ausweis auch noch »Fröhlich« hieß, den Satz, den ich aus Nürnberg kannte: Sie müssten sich entscheiden, ob ich Verfolgte oder Agentin bin, beides zusammen geht nicht.

Nie mehr danach war die deutsche Staatsbürgerschaft für mich so nötig wie damals, als man sie mir vorenthielt. Der Grund der Verdächtigung waren die Verleumdungsmaßnahmen der Securitate. Sie wurden mit Hilfe der Banatschwäbischen Landsmannschaft umgesetzt. Diese hatte auch im Übergangsheim in Nürnberg ein fest installiertes Büro. Sie war, wie ich heute in meiner Akte nachlesen kann, von IM unterwandert. In den Landsmannschaftsblättern wurden seit Jahren Kampagnen gegen mich geführt. Ich galt als »Nestbeschmutzerin« und Agentin. Wahrscheinlich versorgte die Landsmannschaft die deutschen Nachrichtendienste im Auftrag der Securitate. Man kannte sich gut, im Übergangsheim saß man Tür an Tür. Der Hass der Heimatbesitzer, die Verleumdungspläne der Securitate und die deutschen Nachrichtendienste fanden zusammen. Die Landsmannschaft konnte bei den deutschen Behörden ihre Wut auf mich »zweckmäßig« in Rache umsetzen. Dass diese Landsmannschaft über die Diktatur noch nie ein kritisches Wort geäußert hatte, machte die deutschen Dienste nicht nachdenklich. Auch nicht, dass diese Landsmannschaft mit der rumänischen Botschaft einvernehmlich zusammenarbeitete, um die Familienzusammenführungen voranzutreiben.

Ich hatte mit diesem Schachzug, mit der Umkehrung aller Tatsachen, nicht gerechnet. Die deutschen Behörden verwechselten mich. Aber nicht mit jemand anderem, sondern mit einer durch Verleumdung erfundenen Person. Dabei kamen zehntausend familienzusammengeführte Auswanderer pro Jahr aus Rumänien nach Deutschland, darunter Hunderte Spitzel. Die aber waren willkommene Deutsche, und ich wurde vorgeführt, weil ich die politische Verfolgung nicht weggewischt haben wollte. Weil es um Wahrheit ging, für die ich hart bezahlt hatte. Ich war nicht zu meinem Onkel gekommen, sondern ins Exil. Für mich war dieser Begriff nicht verhandelbar. Ich beanspruchte ihn, weil er den Tatsachen entsprach. Die Behörden störte er, weil sie von Diktatur nichts hören wollten. Sie schnitten mir das Wort ab, wenn ich ihnen sagen wollte, wie diese Diktatur bis ins Privateste meines Lebens gestoßen war. Sie wollten nichts über mein Leben in Rumänien wissen, um die Verdächtigungen aufrechtzuerhalten.

Das Wort Exil ging mit Deutschsein hier in Nürnberg nicht zusammen. Dabei stand dieses Übergangsheim schräg gegenüber von Hitlers Parteitagsgelände. Es war der allererste Schock, als wir dort in unser Zimmer kamen: Aus dem kleinen Fenster sah man Hitlers Parteitagsklotz.

Wenn ich zwischen den Verhören meinen Kopf beruhigen wollte und auf die Straße ging, überkam mich das Grauen: Winter in seiner frühen Dunkelheit mit Schneeflocken und das Steinmonster bedrohlich daneben. Ich traute mich in diese Arena. Hohe Treppen, dünner Schnee, Windschübe, in den Steinritzen dürres Unkraut wie zitternde Schnurrbärte und Perücken. Mir zersprang fast der Kopf. Im Übergangsheim drinnen der Irrsinn, hier draußen das Epizentrum der Naziverbrechen.

Wieso hatte man an diesem Ort ein Übergangsheim gebaut. Wieso werden Menschen, die verstört aus Diktaturen kommen, ausgerechnet an diesen Ort gezwungen. Hat man sich über diese Nachbarschaft keine Gedanken gemacht. Sollen Menschen, die nach politischer Verfolgung alle Register der Angst kennen, die endlich hier ankommen, in dieser Umgebung aufatmen, fragte ich mich. Schämt sich Deutschland nicht, uns Neuangekommenen diese monströse Nachbarschaft als erste Bleibe zu präsentieren? Wurde dieses Übergangsheim womöglich nur »zweckmäßig« hierher gebaut, gefühlstaub gegenüber den Eingewanderten und geschichtsblind gegenüber der Rolle Nürnbergs in der Nazizeit? Die Behörden drinnen, die Umgebung draußen – das war doppelt »zweckmäßig«.

1987 habe ich zu spüren bekommen, wie Deutschland, das Hunderttausende ins Exil getrieben hat, mit dem Wort und der

Erfahrung des Exils immer noch nichts zu tun haben will. Ich war buchstäblich in eine Sackgasse geraten.

Und dennoch wusste ich, dass diese Sackgasse, verglichen mit den ins Exil Gejagten der Nazizeit, nur ein kleines Missgeschick war. Ich wurde hier vorgeführt, aber ich sprach auch Deutsch, ich hatte einen Verlag für meine Bücher, ich musste nicht illegal Grenzen überqueren. Es ging in diesem Übergangsheim in keiner Situation um Leben und Tod wie bei den Fliehenden aus Nazideutschland. Glück oder Pech haben bedeutete damals am Leben bleiben dürfen oder sterben müssen. Sie lernten den guten oder bösen Zufall ganz anders kennen. Guter und böser Zufall sagt man, aber das waren Menschen. Im guten Zufall Menschen mit ein bisschen Anteilnahme, die weiterhalf. Und im bösen Zufall Menschen mit Diensteifer und Willkür, die töteten.

1942 hatte *Casablanca* Premiere in New York. Es ist ein Liebesfilm, und es ist ein Film über den Verlust von Freiheit, die Schwierigkeiten, die Tragödien, die Verzweiflung über Fluchtversuche aus dem nationalsozialistischen Deutschland.

An vielen Orten in Europa saßen wie in *Casablanca* Künstler, Lehrer, Architekten, Politiker – viele davon Juden – fest und versuchten, ein Visum für die Ausreise zu bekommen. Egal wohin. Nur weg aus Hitlers Falle. In *Casablanca* steht der von den Nazis gesuchte tschechische Widerstandskämpfer Victor László im Vordergrund, der mit seiner Frau Ilsa Lund Visa benötigt. Außer ihm sind viele Flüchtende in Casablanca gestrandet und dem korrupten Polizeichef Renault ausgeliefert. Der Schwarzhändler Ugarte versucht, gestohlene Visa zu verkaufen. Er wird ermordet und mit den gestohlenen Visa gelingt László und seiner Frau im letzten Moment die Flucht vor dem deutschen Major Heinrich Strasser.

Der Film zeigt nicht nur die Tragödien des Exils. In ihm spielen auch überwiegend vertriebene Schauspieler. Den widerlichen Nazi Strasser etwa verkörpert Conrad Veidt. Er war einer der bestbezahlten Schauspieler der UFA. Weil seine Frau Jüdin war, verließ er – anders als Heinz Rühmann – schon 1933 Deutschland und spielte – eine bittere Ironie der Geschichte – in Hollywood regelmäßig Nazis.

Aus Österreich war auch der großartige Peter Lorre geflohen, der im Film den Visa-Schwarzhändler spielt. Und Marcel Dalio ist im Film der Croupier des Spielsalons. Als Jude floh er aus Frankreich. Seine Familie starb in den Konzentrationslagern. Und Helmut Dantine, der im Film das Geld für Ausreisepapiere am Roulettetisch gewinnen möchte, war vor seiner Flucht drei Monate in Deutschland interniert. Und Trude Berliner, im Film ist sie eine Roulettespielerin, floh 1933 über Prag in die Niederlande und von dort, als die Wehrmacht einmarschierte, über Lissabon in die USA. Und Hans Heinrich von Twardowski ist im Film ein deutscher Offizier im Gefolge von Major Strasser. Er war homosexuell und floh deshalb schon 1933 aus Deutschland. Und das sind nur einige Namen der emigrierten Schauspieler. Selbst der Komponist der Filmmusik Max Steiner wäre als Jude von den Nazis ermordet worden, wäre er nicht schon in den USA gewesen. Seinem Vater Gabor Steiner konnte er 1938 gerade noch zur Flucht aus Wien verhelfen.

Und der bekannteste Filmkomponist in Hollywood, der Wiener Erich Wolfgang Korngold, war schon seit 1934 in den USA. Auch er konnte seiner Familie 1938 gerade noch zur Flucht verhelfen. Korngold schrieb für 19 Filme die Musik und wurde mit zwei Oscars ausgezeichnet. Vor dem Krieg galt er in Wien als musikalisches Wunderkind der modernen symphonischen Musik. Aber nach dem Krieg strafte man ihn in Wien mit Ablehnung. Man warf ihm vor, er hätte seine Seele an Hollywood verkauft.

Der Geiger Daniel Hope hat die Exil-Musik aus Hollywood gesammelt und sie neu eingespielt. Er analysiert die Stimmung dieser Musik und sagt, das für Hollywoodfilme charakteristische Pathos sei aus der Verlorenheit und der Wut des Exils entstanden.

Casablanca ist ein Film über die Flucht vor Hitler – aber Juden kommen darin nicht vor. Und auch in den Namen der großen Hollywood-Studios kommen keine jüdischen Namen vor: Schmuel Gelbfisz nannte sich Samuel Goldwyn, Hirsch Moses gab sich den Namen Harry Warner. Auch der Regisseur von *Casablanca* Michael Curtiz kam als Mihály Kertész Kaminer in Budapest zur Welt und war schon in den 20er-Jahre in die USA gegangen. Sie mussten damals ihre Namen amerikanisieren, weil sie im protestantischen Amerika als Juden keine Kredite bekamen. Und in *Casablanca* fehlen die Juden, weil die Produzenten des Films diese antisemitischen Vorurteile des Publikums kannten.

1952 kam *Casablanca* dann in die deutschen Kinos und war 25 Minuten kürzer als das Original. Alle Bezüge zum Exil waren herausgeschnitten. Es gab keinen Major Strasser oder andere Nazis. Victor László hieß nun Victor Larsen und war ein norwegischer Physiker, der ominöse Delta-Strahlen entdeckt hatte und von Interpol gesucht wurde. Aus dem bewegenden Film über das Exil wurde kitschiger Mist in der Filmtradition der 50er-Jahre der Sissi- und der Heimatfilme.

Erst 1975 wurde die vollständige Fassung von *Casablanca* im deutschen Fernsehen gezeigt.

Casablanca ist nur ein Beispiel für das Ausblenden des Exils in der deutschen Nachkriegszeit. Ein anderes Beispiel ist die beschämend späte Veröffentlichung der Erinnerungen von Hermann Ullstein im vergangenen Jahr – also 70 Jahre nach ihrem Erscheinen in den USA. Dabei war Hermann Ullstein Mitinhaber des größten Pressekonzerns Europas, in dem die wichtigsten Zeitungen Deutschlands erschienen und auch die ersten Warnungen vor Adolf Hitler. Gleich nach Hitlers Ernennung zum Reichskanzler arbeitete die Propagandamaschinerie der Nazis gegen Ullstein und begann die Unterwanderung des Verlags durch Parteimitglieder. Mittellos floh Ullstein in die USA, lebte dort als Nachtwächter und schrieb seine Erinnerungen an die Ullsteinzeit und die Arisierung des Verlags. Seine Erinnerungen an die demokratische Öffentlichkeit vor 1933 interessierte im Nachkriegsdeutschland niemand.

Auch Stefan Großmann, einen Journalisten der *Vossischen Zeitung* im Hause Ullstein, kennt heute kaum noch jemand. Er war Herausgeber der Zeitschrift *Tage Buch*, die er zusammen mit Ernst Rowohlt gründete, und einer der ersten Journalisten, die Hitler offen kritisierten und deshalb von Hitler schon 1923 verklagt wurden.

Im März 1933 sollte er verhaftet werden. Als die Polizei frühmorgens an der Wohnungstür klingelte, öffnete seine schwedische Frau und sagte, er schlafe noch. Vielleicht war die Polizei damals noch zurückhaltend oder sie war angesichts der großen blonden Schwedin verunsichert. Jedenfalls zog sie ab. Großmann und seine Frau verließen sofort das Haus. Mit nichts als einem Koffer flohen sie nach Wien. Auch sie ließen ihren gesamten Besitz zurück. Das war 1933 und Glück im Unglück war noch möglich.

Es gab so viele entscheidende Zufälle, die Schicksal spielten. Man muss sich nur einzelne Fluchtgeschichten ansehen, dann spürt man, Augenblicke wurden so groß wie Abgründe.

Für Carl Zuckmayer hatte in den 30er-Jahren »die Unterwelt ihre Pforten aufgetan und ihre niedrigsten, scheußlichsten, unreinsten Geister losgelassen« zum »Begräbnis aller menschlichen Würde«. Er konnte sich in die Schweiz retten, weil er einen Pass hatte, den ihm ein gefälliger österreichischer Beamter ausgestellt hatte, und weil er an der Grenze bei Feldkirch einen jungen Soldaten beeindrucken konnte. Er sagte nämlich, er sei in Deutschland verboten, er sei kein Parteigenosse und auch nicht in der Reichsschrifttumskammer, weil er nicht mit der nationalsozialistischen Weltanschauung übereinstimme. Deshalb müsse er nach London. Diese Offenheit faszinierte den jungen Soldaten während der Passkontrolle. Und dieser gute Zufall mit dem jungen Soldaten wurde sogar gespenstisch gut:

Der »magere Mensch in der Uniform der SS« gerät ins Schwärmen, als er an Zuckmayers Rock die Auszeichnungen aus dem Ersten Weltkrieg sieht. Er lobt den älteren »deutschen Mann« als Helden, bedauert, dass er selbst zu jung sei, um im Krieg gewesen zu sein. Zuckmayer tröstet ihn mit dem Satz: »Es wird schon noch einen (Krieg) geben.« »Ja«, ruft er begeistert, »trinken wir darauf.«

Aber wie viele ließ der gute Zufall im Stich? Sie verzweifelten wie Walter Benjamin 1940 in den Pyrenäen. Er hatte nur eine Tasche dabei, vielleicht voller Manuskripte, nicht einmal einen Rucksack, der als Erkennungsmerkmal für Deutsche galt. Als man ihm in Portbou sagte, ohne französisches Ausreisevisum könne er nicht nach Spanien – vielleicht nur ein Erpressungsversuch eines korrupten Grenzers, der eine Bestechung für eine Visumserteilung erwartete –, vergiftete Walter Benjamin sich. Und wie viele zerbrachen noch Jahre nach der Flucht am Exil wie Ernst Toller, der sich in seinem Hotel in New York erhängte? Oder Stefan Zweig, der in Brasilien die Zerstörung seiner »geistigen Heimat« in Europa nicht aushielt und zusammen mit seiner Frau Lotte Suizid beging. Andere starben kurz nach der Flucht entkräftet wie der Sänger Joseph Schmidt, der – endlich im Exil in der Schweiz – zusammenbrach und in ein Internierungslager gesteckt wurde, wo man seine Herzbeschwerden nicht behandelte. Auch er begegnete wahrscheinlich »zweckmäßigen« Beamten. Und zweckmäßige Beamte gab es auch in England, wo aus Deutschland geflohene Nazigegner und Juden als feindliche Agenten interniert wurden. Ein anderer böser Zufall traf Else Lasker-Schüler. Ihr wurde die Wiedereinreise in die Schweiz einfach untersagt. Die Begründung hatte nur ein

Wort: »Überfremdung«. Und bei Nelly Sachs, wo der Augenblick nicht mehr Schicksal spielen konnte, war trotz sicherem Ort in Stockholm die Panik im Körper für alle Zeit installiert – die nie aufhörende Angst vor den Nazis machte sie nervenkrank, die Nazis waren in den Wasserrohren, in den Wänden. Und neben der gesteigerten Angst von Nelly Sachs in Schweden gab es die Angst vor den Soldaten der Wehrmacht im besetzten Holland. Konrad Merz, der Autor des ersten Exilromans *Ein Mensch fällt aus Deutschland*, überlebte das Exil in Holland versteckt in einem Schrank, weil niemand sein Versteck verriet. Als alter Mann kam er hie und da nach Berlin. Ich traf ihn manchmal. Er weinte bei jedem Besuch. Sein Heimweh war so alt geworden wie er selbst.

Der Maler Felix Nussbaum hatte auch ein Versteck, überlebte das Exil jedoch nicht. Nussbaum malte in seinem Versteck. Ein Nachbar roch die Ölfarbe und denunzierte ihn. Diese Denunziation kostete ihn das Leben – mit dem letzten Transport aus Belgien wurde er nach Auschwitz gebracht.

Seine Eltern waren schon 1934 nach Italien geflohen. Heimweh trieb sie aber schon 1935 zurück nach Deutschland. 1938 flohen sie erneut, dieses Mal nach Amsterdam. Das war fatal. Von dort wurden auch sie nach Auschwitz deportiert und ermordet. Die Toten des Exils hat niemand gezählt.

So dunkel sieht es aus in den Winkeln des Wortes Exil.

Heute aber glitzert das Wort Exil verlockend: für »stilsichere Einrichtung« und »die Schaffung einer besonderen Atmosphäre für die Präsentation unserer Möbel« – so wirbt ein Möbelhaus mit dem Namen Exil. Oder wer in Frankfurt das Restaurant »Exil« besucht, »muss sich nicht heimatlos fühlen«. »Dafür sorgen warmes Licht und die einfallsreiche Dekoration.« Und man kann »im kleinen begrünten Innenhof südländisches Flair genießen«.

Bei dieser ungenierten Vermarktung des Wortes Exil fällt mir Gottfried Benns Verhöhnung der ins Exil Geflohenen ein. Als ihm Klaus Mann vorwirft, sich nicht von den Nazis zu distanzieren, antwortet er den Emigranten: »Da sitzen sie also in ihren Badeorten und stellen uns zur Rede, weil wir mitarbeiten am Neubau eines Staates.«

Gegen Mitternacht vom 8. auf den 9. Mai 1945 trat die bedingungslose Kapitulation der deutschen Streitkräfte an allen Fronten in Kraft. Die »Stunde null«, dieser militärische Begriff stand danach für den Neuanfang und für das zweckmäßige Verschweigen. Hermann Lübbe, der sich nicht mehr daran erinnern kann, Mitglied der NSDAP gewesen zu sein, prägt den Begriff »kommunikatives Beschweigen« als Voraussetzung für die Integration der Deutschen in den neuen demokratischen Staat.

Auch Adenauer gebrauchte dieses »Beschweigen«, weil er beim Aufbau der Bundesrepublik ehemalige Nazis unentbehrlich fand, als »Leute, die von früher etwas verstehen«. Er meinte damit leider nicht die Lebenserfahrung der ins Exil gejagten Wissenschaftler, Künstler, Unternehmer, Politiker, Handwerker, Juristen. Diese blieben nach dem Krieg unerwünscht. Ihre Rückkehr wühlte die Mittäter und Mitläufer auf. Sie störten das »Beschweigen«.

Im Bundestagswahlkampf 1961 wurde der Heimkehrer Willy Brandt von Konrad Adenauer wegen seiner Zeit im norwegischen Exil vorgeführt, und Franz Josef Strauß krakeelte: »Eines wird man Herrn Brandt doch fragen dürfen: Was haben Sie zwölf Jahre draußen gemacht? Wir wissen, was wir drinnen gemacht haben.«

Willy Brandt hat »draußen« – wie viele Emigranten – Widerstand gegen die Nazis geleistet, er hat sein Leben auf illegalen Reisen nach Deutschland riskiert und in Stockholm eine Presseagentur aufgebaut, die Informationen über Deutschland lieferte. Willy Brandt hieß eigentlich Herbert Frahm. Nach 1945 behielt er seinen Exilnamen, so wichtig war ihm dieser Name – eine Hommage an den Widerstand im Exil gegen Nazideutschland. Aber der Widerstand des Exils wird in Deutschland nicht gewürdigt, schlimmer noch, er spielt bis heute überhaupt keine Rolle. Erinnert wird an den militärischen Widerstand der Offiziere, die viel zu lange treue Gefolgsleute Hitlers waren.

Exil bedeutete nicht das Verstummen. Viele vertriebene Autoren beteiligten sich am Widerstand gegen die Nazidiktatur durch Radiosendungen, durch Zeitschriftenbeiträge, durch offene Briefe an die Regierungen Englands und Frankreichs, um gegen das Münchner Abkommen zu protestieren. Sie informierten die internationale Öffentlichkeit über die Zustände in Deutschland und demonstrierten dadurch, dass Hitler die Moderne nur aus Deutschland vertreiben, aber nicht völlig vernichten konnte. 1938 organisierte Eugen Spiro in Paris die Ausstellung *Freie deutsche Kunst* und den *Freien Deutschen Künstlerbund*, um der Kulturzerstörung in Deutschland entgegenzutreten. Der Exil-PEN und die von Hubertus Prinz zu Löwenstein gegründete Deutsche Akademie im Exil waren wichtige Institutionen, ohne die dieser intellektuelle Widerstand nicht gebündelt werden konnte.

Das »Beschweigen« stand auch am Neubeginn der deutschen Literatur, für den die Gruppe 47 steht. Hans Werner Richter hatte die Gründungsidee, und wie viele der späteren Mitglieder der Gruppe 47 war auch er ein Wehrmachtsoldat. Die Gruppe 47 wurde zur intellektuellen Börse für literarische Talente. Und das funktionierte nur, weil über die soldatische Vergangenheit der Mitglieder nicht gesprochen, keine »Grundsatzdebatten« geführt wurden. Auch hier war das »Beschweigen« zweckmäßig. Günter Grass verschwieg seine Mitgliedschaft in der SS-Division »Frundsberg« – in derselben Einheit, in der übrigens auch mein Vater war. Günter Eich verschwieg, dass er 1940 mit *Die Rebellion in der Goldstadt* ein Hörspiel geschrieben hatte zur Unterstützung der von Goebbels geforderten Kampagne gegen England. Alfred Andersch verschwieg, dass er sich von seiner jüdischen Frau getrennt hatte, um Mitglied der Reichsschrifttumskammer zu werden. Andere wollten sich nicht mehr an ihre Mitgliedschaft in der NSDAP erinnern. Die ehemaligen Soldaten sahen sich vielmehr selbst als Opfer, als verführte, missbrauchte Generation, die unschuldig in den Krieg zog und geläutert nach Hause kam.

Auch aus diesem Grund waren den Autoren der »Stunde null« die Autoren des Exils suspekt. Den ins Exil gejagten Autoren hatte nämlich die Stunde null zwölf Jahre früher geschlagen. Und ihre Stunde null bedeutete etwas ganz anderes: Nullpunkt der Existenz.

Vielleicht machte sich auch noch ein unterschwelliger Antisemitismus bemerkbar und der Vorwurf, sich in Sicherheit gebracht zu haben. Jedenfalls musste Wolfgang Koeppen Hans Werner Richter daran erinnern, dass die emigrierten Schriftsteller nicht abgehauen seien, sondern »ihren Mördern entkommen waren« und die Tragik ihres »gestohlenen Lebens« in eine neue, »nazifreie« Literatur einbringen wollten.

In der Gruppe 47 konnten sie das nicht.

Als Paul Celan 1952 der Gruppe 47 zum ersten Mal seine »Todesfuge« vorlas, schlug ihm Häme und Verachtung entgegen. Walter Jens schrieb: »Als Celan zum ersten Mal auftrat, da sagte man: ›Das kann doch kaum jemand hören!‹ Er las ja sehr pathetisch, wir haben darüber gelacht, ›Der liest ja wie Goebbels!‹, sagte einer.« Und Hans Werner Richter spottet, Celan lese in »einem Singsang wie in einer Synagoge«. Und Albert Vigoleis Thelens Buch über Mallorca als Zufluchtsort *Die Insel des zweiten Gesichts* – heute wie viele Bücher und Autoren des Exils vergessen – wurde von Richter damals als »Emigrantendeutsch« niedergemacht.

In den Tagebüchern von Richter kann man lesen, dass er die Emigranten nicht ertragen konnte. »Emigration war ›konservierte‹ Literatur der 20er-Jahre, konservierter Stil, konservierte Sprache, konservierte Methode … Caféhausmethode … Was sollte ich mit ihnen?« Der Besuch von Hermann Kesten und

Hans Sahl in der Gruppe 47 bestätigte ihn in dieser Ablehnung, denn beide erwarteten »Schuldkomplexe« und seien von »empfindsamer, törichter Eitelkeit«. Diese Autoren störten die Übereinkunft des »Beschweigens«.

Man hatte kein Interesse an Thomas Mann, Stefan Zweig, Heinrich Mann, Alfred Döblin, Theodor Kramer oder an Mascha Kaléko, die 1959 für den Fontanepreis vorgeschlagen war und ablehnte, als sie erfuhr, dass der ehemalige SS-Soldat Egon Holthusen der Jury angehörte. Ein Mitglied der Berliner Akademie appellierte an sie, dass »sie als empfindsame Frau« doch dem »armen Holthusen« nicht »ihr weibliches Mitgefühl« versagen könne. Sie blieb bei ihrem Nein, weil sie Flucht und Exil nicht außer Acht lassen konnte. Vom Generalsekretär der Akademie wurde sie dann auch noch angebellt. »Wenn es den Emigranten nicht gefällt, wie wir die Dinge hier handhaben, sollen sie doch fortbleiben.«

So ging es auch dem Maler Oscar Zügel, der mit Paul Klee befreundet war. Für die Nazis waren seine Bilder »Entartete Kunst«. Sie wurden beschlagnahmt und sollten mit Bildern anderer Künstler im Hof der Stuttgarter Staatsgalerie verbrannt werden. Er floh nach Tossa de Mar, dann nach Argentinien. Nach dem Krieg kam er wieder nach Stuttgart, wo der Hausmeister der Staatsgalerie einige seiner Bilder vor dem Scheiterhaufen gerettet hatte. Aber der neue Museumsdirektor wollte nichts von ihm wissen, weil er Nazideutschland angeblich im Stich gelassen hatte. Auch er bekam wie viele andere Maler und Bildhauer keine Chance mehr in Deutschland.

Der Nationalsozialismus hatte neben der Vernichtung der europäischen Juden auch die Auslöschung der Moderne zum Ziel. Im dritten Reich hatten moderne Architektur, Malerei oder Musik keinen Platz mehr.

Hitler erklärte 1937 einen »unerbittlichen Säuberungskrieg« mit »roher Gewalt« gegen alle »Elemente der Kulturzersetzung«, gegen Bücher, gegen Bilder, gegen Menschen. Durch die Bücherverbrennungen und die Aktionen gegen die »Entartete Kunst« und die »Entartete Musik« sollte nicht nur die Moderne selbst, sondern auch die Erinnerung an die Moderne gelöscht werden. Da half es nicht einmal, selbst überzeugter Nazi und Antisemit wie Emil Nolde zu sein. Auch seine Malerei traf diese Auslöschungspolitik. Die gleichgeschaltete Gesellschaft war mit moderner Kunst und mit kritischer Wissenschaft unvereinbar. Viele mussten fliehen, wenn sie sich selbst treu bleiben wollten. Das Exil von Hunderttausenden Deutschen ist deswegen kein Randphänomen des Nationalsozialismus. Im Exil waren diejenigen Künstler, die ihre Existenz und ihre Kunst in Frage gestellt sahen und in Deutschland nicht mehr leben konnten, auch wenn ihr Leben nicht bedroht war.

Thomas Mann schrieb 1945 aus dem Exil, dass in seinen Augen alle Bücher, die während des Nationalsozialismus überhaupt erscheinen konnten, weniger als wertlos seien. »Ein Geruch von Blut und Schande haftet an ihnen.« Er zielte damit auf den Opportunismus der inneren Emigration.

Die Autoren der inneren Emigration wehrten sich aggressiv. Frank Thiess, der spätere Vizepräsident der Deutschen Akademie für Sprache und Dichtung, begründete sein Bleiben in Deutschland damit, dass »er reicher an Wissen und Erleben« daraus hervorgegangen sei, als wenn er »aus den Logen und Parterreplätzen des Auslands« der deutschen Tragödie zugeschaut hätte. Das innere Exil sah er, »mit dem äußeren verglichen, um vieles schwerer und schmerzlicher«.

Solche Umdeutungen der Unterdrückung und der Feigheit hatten großen Anteil am Verdrängen der Exil-Erfahrungen. Die Abweisung des Exils nannte Hans Sahl das »Exil nach dem Exil«. Und es wirkt bis heute nach.

Für viele Rückkehrer hatte die Stunde null schon 1933 geschlagen und anders als die Gruppe 47 standen die meisten 1947 an keinerlei Neuanfang, sondern immer noch am selben Nullpunkt der Existenz. Ihnen fehlte immer noch jegliche Anerkennung und materielle Lebensgrundlage. Ihre Flucht ins Exil war die erste Vertreibung aus Deutschland. Und ihre Rückkehr wurde zum »Exil nach dem Exil« zur »zweckmäßigen« Ablehnung der Emigranten. Und das »Exil nach dem Exil« sorgte dafür, dass die Vertreibung von damals bis in unsere heutigen Tage wirkt. Man könnte sagen: damals vertrieben – bis heute vergessen.

Durch die Vertreibung von Schriftstellern sind literarische Traditionen gekappt worden, zum Beispiel die liedhafte Lyrik Theodor Kramers mit ihrem dunklen Inhalt. Oder die sachliche Prosa der Irmgard Keun, die zuerst nach Holland geflohen war und nach dem Einmarsch der Wehrmacht zurück in Deutschland im Versteck überlebte. Doch von Irmgard Keun wollte niemand etwas wissen. Sie ertränkte ihre Verlassenheit im Alkohol, wurde entmündigt und »zweckmäßig« in die Psychiatrie eingewiesen.

Wer im Exil war, gilt in Deutschland bis heute nicht als Opfer. Auch nicht im Gedenkstättenkonzept des Bundes. Es gibt zwar Gedenktafeln für einzelne Künstler, aber keinen großen Ort der Erinnerung an das Exil, an die schon 1933 vertriebenen Deutschen. Diese von Hitler Vertriebenen werden unter dem Begriff Exil oder Emigration verbucht. Das Wort Vertreibung gehört nur den Vertriebenen aus den ehemaligen Ostgebieten. Sie heißen »Heimatvertriebene«. Und die von Hitler Vertriebenen heißen »Emigranten«. Es ist ein sehr unterschiedliches Wortpaar: Das Wort »Heimatvertriebener« hat einen warmen Hauch, das Wort »Emigrant« hat nur sich selbst. Man könnte sagen, einem Herzwort steht ein Kopfwort gegenüber. Man muss sich doch fragen, wurden die »Emigranten« nicht aus der Heimat vertrieben?

Für die »Heimatvertriebenen«, für die es sogar einmal ein eigenes Ministerium gab, gibt es nun bald eine Dauerausstellung in Berlin. Hoffentlich wird dort nicht verschwiegen, dass in der Führung des »Bundes der Vertriebenen« Mitglieder in der Leibstandarte Adolf Hitler, SS-Panzergrenadiere, SA-Angehörige vertreten waren, Stützen der Diktatur.

Deutschland sollte endlich an das Exil, diese erste Vertreibung aus Deutschland hinaus erinnern. Die hat Deutschland nämlich genauso wie den Holocaust zu verantworten. Verkürzt gesagt, wäre ohne die erste Vertreibung aus Deutschland hinaus die zweite Vertreibung nach Deutschland hinein gar nicht passiert. Bleiben wir doch bitte bei der Reihenfolge der Ereignisse:

Bevor Deutschland Vertriebenen eine neue Heimat gegeben hat, hat es Hunderttausende aus ihrer Heimat vertrieben.

Nirgends in diesem Land gibt es einen Ort, an dem man den Inhalt des Wortes Exil an einzelnen Schicksalen entlang darstellen kann. Das Risiko der Flucht, das verstörte Leben im Exil, Fremdheit, Armut, Angst und Heimweh. Das alles zu zeigen ist Deutschland seiner Geschichte schuldig geblieben.

Ohne einen entsprechenden Ort für das Exil wird in der öffentlichen Erinnerung an die Schrecken des Nationalsozialismus immer eine große Lücke bleiben. Auch diese Lücke ist eine Art von »Beschweigen«.

In einem Exil-Museum könnten sich die jüngeren Deutschen ein Bild machen. Es wäre Erziehung zur Anteilnahme. Ein »zweckmäßiges« Museum also. So könnte man dem Wort »zweckmäßig« einen anderen, einen humanen Inhalt geben.

2013 hielt Inge Deutschkron eine Rede vor dem Deutschen Bundestag zum Gedenken an die Opfer des Nationalsozialismus. Sie erzählte dabei auch von ihrem Vater, der vor den Nazis nach England entkommen konnte und der hoffte, nach Ende des Krieges einen Rückruf nach Berlin zu erhalten.

Man habe ihn 1933 im wahrsten Sinne des Wortes rausgeschmissen.

Daher, so meinte er, müsste man ihn nun, den nicht ganz unbekannten Pädagogen, zur Rückkehr einladen. Gewiss, seine vier Geschwister mit Familien gehörten zu den Mordopfern. Dennoch glaubte er weiter an die Deutschen, die damals seine Freunde waren und die sich nun verpflichtet fühlten wie er, ein neues Deutschland aufzubauen, das die Rechte eines jeden

Menschen auf seine Fahnen schrieb. Doch dieser Ruf, diese Einladung kam nicht.

Nun fuhr er fort, in englischen Schulen Deutsch zu lehren. Jeden Morgen suchte er im Briefkasten nach Post aus Berlin. An seiner Stelle kam ein Brief von einer englischen Schulbehörde, die ihm nahelegte, die britische Staatsangehörigkeit anzunehmen, wenn er weiter in England lehren wollte. Tagelang überlegte er, kämpfte er mit sich. Dann sagte er zu.

Die Urkunde brachte der Postbote. Er nahm sie, stand stundenlang mit der Urkunde in der Hand, die ihn zum englischen Staatsbürger machte, am Fenster, guckte in die Ferne, ließ niemanden an sich heran.

Woran dachte er wohl in diesen Momenten?

VON IHM SELBST WAR NUR IRGENDJEMAND DABEI ODER DIE UMGEBUNG ALS HEIMWEHSCHUTZ

Der Zug ist »ein heller Strich im Mondlicht« schreibt Georges-Arthur Goldschmidt. Und in diesem Zug sitzt Arthur Kellerlicht, der Protagonist der Erzählung *Ein Wiederkommen.* In diesem »vom Mond beleuchteten schmalen Strich saßen oder lagen einige hundert Menschen, je nach Reichtum in weichen Betttüchern oder auf Leder, Kord oder Holz, schlafend, dösend, nachdenkend, wartend, traurig, ruhig oder froh, und von all diesen jahrzehntelangen Geschichten eines jeden war nichts zu sehen, nichts zu vernehmen, und doch zog da in jenem winzigen Strich, der da fuhr, die ganze Welt vorbei. Es war eigenartig, dass die Gesichter der Mitreisenden einfach so mitfuhren (…) mit allem Zubehör: Nase, Lippen, Kinn, Stirn. Alles hatte sie immer, zu jeder Gelegenheit begleitet, war immer dabei, hatte alles gehört und gesehen«, denkt Arthur Kellerlicht.

Zugfahrten sind für Arthur Kellerlicht von Anfang an Angstfahrten. Das beginnt mit der ersten Zugfahrt, mit der Grundverletzung, dass die Eltern ihren zehnjährigen Sohn Arthur aus Nazideutschland nach Frankreich verschicken, um sein Leben zu retten. Denn nach den Rassengesetzen sind die deutschen Juden »geburtsschuldig«, haben kein Recht auf Leben. Arthur landet in einem Internat in den Savoyen und wird bei Bauern versteckt, als die Deutschen auch Frankreich besetzen. Über die Schrecken der Internatszeit hat Goldschmidt das Buch *Die Absonderung* geschrieben: unsägliches Heimweh, totale Kontrolle, Züchtigung durch sadistische Strafen, Prügel auf den nackten Körper mit der Haselnussrute, die er selbst schneiden muss, sein Jaulen im Schmerz, die feuerroten Striemen, für die er sich bedanken muss. Und wie dieses psychisch ruinierte Kind, als Verlängerung der Qual aber auch als Gegengewicht, die sexuelle Lust am eigenen Körper entdeckt, die Liebe zur Haselnussrute auskostet als verzweifeltes Glück, das Onanieren als »fleischliche Träumereien«. Das Internat dauert acht Jahre.

Ein Wiederkommen beginnt mit der zweiten Angstfahrt aus dem dörflichen Internat aufs Gymnasium nach Paris. Arthur ist bereits achtzehn Jahre alt, wohnt in der Dachstube eines Waisenhauses. Aber die Zeit des Internats hört nie auf, sie ist fertig eingeschlichen in alles, was ihn umgibt. Er schafft das Abitur nicht, hat den Kopf nicht frei. Er lebt gefangen im »großen Trubel des Danach« – die Grundverletzung hat ihm die Eltern und die Heimat geraubt. Immer wieder stellt er sich hinter der langen Zeit vor, »was ihm von der Mutter geblieben war, eine Silhouette in weißen wehenden Kleidern, im sommerlichen sonnenüberfluteten Garten, unter den hohen weißen Wolken. (…) Sie hatte seine Hände gehalten und sich mit ihm lachend im Kreise gedreht, und dann war sie auf einmal weg.« Und »was blieb, war die trostlose Trunkenheit des Heimwehs.«

Man weiß von allen, die chronisches Heimweh hatten,

Heimweh schwelt und vergrößert sich mit der Zeit, wird aber nie erwachsen. Und durch die »Absonderung« von den Eltern hat man Arthur, und das ist das Schlimmste daran, die eigene Person gestohlen. Er sieht seinen Körper als »Begleiter« von etwas, von dem er nicht weiß, was es ist: »Es erinnerte ihn an die Zeit im Internat, als es immer einige gab, die ohne weiteres ganz einfach existierten, wohingegen er nur immer mit sich selbst zu tun hatte. (…) Dabei machte sich sein innerer Begleiter immer über ihn lustig.«

Heimatsuche und Ich-Suche sind die Themen dieses grandiosen Buches. Sie sind »der große Trubel des Danach«. Goldschmidt erfindet dafür schmerzlich schöne, vor Wahrhaftigkeit funkelnde Bilder, die man nur zitieren, nicht nacherzählen kann. Denn Arthur Kellerlicht erhofft von der Ich-Suche vor allem den »Ausweg aus dem Selbstsein«: »… es war, als ginge er auf Stelzen, er gehörte nicht dazu, von ihm selbst war nur irgendjemand dabei und er stand daneben (…) er konnte nicht weg.« Arthur übt sich im Trost, durch die Genauigkeit der Gegenstände Abstand von sich selbst zu gewinnen. Er sehnt sich nach einer Art Rettungstausch mit der äußeren Welt, um aus der inneren auszusteigen: »Vielleicht wäre es ein Ausweg gewesen, Möbelstück zum Draufsitzen zu werden oder Handtasche zum Mitnehmen. Vor allem wollte er die ununterbrochene Selbstfeststellung loswerden, als Kommode oder Schrank würde man bloß rumstehen und nichts mehr denken und nicht anderes mehr fühlen als das eigene Gewicht.« Dieser Rettungstausch durchs Beobachten wird leider nur eine in die äußere Welt erweiterte Ich-Suche. Er klammert sich an jede »Kleinigkeit, die als Selbstschutz diente, wenn Kummer oder Heimweh in einem aufzusteigen drohen.« Und von diesem Wort »Selbstschutz« ausgehend, spannt der Autor die Beobachtung bis zu dem aparten Wort »Heimwehschutz«. Arthur Kellerlicht fragt sich, ob in Paris die Lichtschalter auch so wie im Internat sind: »Es waren runde Schalter, auf die eine Art Aluminiumhaube um einen oben abgerundeten kleinen Stift geschraubt war, den man rauf- und runterkippte. Innerhalb der Haube lag zur Isolierung ein Stück Pappe, das bei jedem Schalter anders war, grau grün rosa oder gestreift und sogar manchmal mit Teilen von Buchstaben bedruckt, und man stellte sich die Menschen vor, die es hineingelegt hatten, wo sie jetzt wohl waren, ob sie überhaupt noch lebten. Solche kleinen Gegenstände verbanden einen Ort mit einem anderen, an dem man schon gewesen war, es war ein wenig wie ein Heimwehschutz.«

Der pure technische Bau des Lichtschalters endet mit dem Wort »Heimwehschutz«. Das technisch Kalte gleitet in dieses Wort. Das lapidare Beschreiben des Lichtschalters endet mit dem Gefühlsschock eines nie gehörten Wortes »Heimwehschutz.«

Und so genau wie das Aufschrauben des Lichtschalters ist Georges-Arthur Goldschmidts Schreiben. Und noch etwas zeigt die Sprachkunst dieses Autors: Goldschmidt schreibt nicht: es war Heimwehschutz, sondern: »es war EIN WENIG WIE Heimwehschutz.« Durch zwei zarte Einschränkungen EIN WENIG und WIE wird das Gefühl immens.

Diese gleißende Suche, die erotische Aufladung der Dinge, das inzestuöse Gemisch aus Zerteilen und Zusammensetzen von Außen- und Innenwelt erinnern mich in ihrer Intensität an das Buch *Aus der unmittelbaren Unwirklichkeit* des rumanischen Juden M. Blecher. Im Streunen aus der Selbst-Suche in die Selbstzerstörung treffen sich diese beiden zeitlich und geographisch so weit auseinanderliegenden Bücher. Nur bleibt die Ich-Suche bei Blecher bloß der Ausdruck einer wilden, übersensiblen Pubertät. Die Vernichtung der Juden in der Bukowina hat Blecher nicht mehr erlebt, er starb vor der faschistischen Zeit Rumäniens kaum 29 Jahre alt an Knochentuberkulose. Bei Goldschmidt aber ist das Unglück objektiv verursacht. Es wird ihm angetan, erstens von der Katastrophe der Geschichte, dem Herausfallen Nazideutschlands aus der Zivilisation. Und zweitens vom Heimweh in den Anstalten, die ihn züchtigen statt erziehen. Kein Selbstverständnis entsteht, nur Selbstvorwürfe, dass er sein gerettetes Leben nicht verdient. Nach all den Jahren in Frankreich ist er »weder Maus noch Spatz, weder Deutscher noch Franzose, weder Christ noch Jude«. Erst wird er vor den Deutschen versteckt, sein Leben wird »gehandhabt«, dann rettet er sich in die »fleischlichen Träumereien«, er »handhabt« seinen Körper, um sich zu spüren: »… er war ein Zuschauer, der sich aus dem Selbstfenster zuwinkte und den keiner sah.« Oder: »… es war, als trüge man sich wie eine ans Fenster gehaltene Tafel.« Oder: »Und er blieb lange vor sich stehen und zielte auf sich selbst.« Und niemand darf ihn durchschauen. Er schleppt die »stumme Sünde« herum und die Angst, durchsichtig zu sein. Er wird für sich selbst zum Versteck.

Arthur Kellerlicht lässt seinen Körper herumreichen, unterwirft sich den pädophilen Erziehern im Internat. Aber sie werden nicht zum Ersatz für die fehlenden Eltern. Er lernt gerade dadurch, sich nie aus der Hand zu geben. Auch auf dem Gymnasium flieht er jede Menschenbeziehung, vertraut sich weiterhin lediglich den Gegenständen an, die ihm zu den »fleischlichen Träumereien« verhelfen: der Haselnussrute, der Kerze, dem ausgehöhlten Apfel. Und der Landschaft, denn: »Einzig die Landschaft wusste nichts von ihm.«

Arthur Goldschmidts Sätze funkeln ins Unerlaubte, wandern ständig zwischen Trance und Analyse: »Diese Selbstschau und das Grauen des Selbstbewusstseins sind so lächerlich düster«, schreibt er, »dass sich einem der ganze Körper schüttelt. Sich selbst beim Man-selbst-Sein zu ertappen ist doch die letztendliche Wirklichkeit, durch die man alles wahrnimmt.«

Mit der dritten Angstfahrt ins Nachkriegsdeutschland endet Goldschmidts Buch. Das letzte Kapitel heißt: *Vor Ort*. Davor hat Kellerlicht bereits, einem Brief der daheim gebliebenen älteren Schwester gehorchend, auf die Teilhabe an seinem Elternhaus in Hamburg verzichtet. Mit einem französischen Pass in der Tasche fährt er nach Hamburg zurück.

Bisher war der Buchtitel *Ein Wiederkommen* das wiederkommende Heimweh und die Selbst-Suche. *Vor Ort* im Elternhaus kommt ein neuer Sinn dazu: Wiederkommen ist mit einem Mal das Gegenteil von Rückkehr. Es klingt plötzlich harsch wie Kommen-und-Gehen.

Dieses letzte Kapitel ist streckenweise dokumentarisch. Die Verbrechen der Nazizeit zwingen den Text dazu. »Er hatte, wie jeder in Europa, die Leichenhaufen gesehen, (...) er hatte auch die Fotos der Deutschen gesehen, die unter Aufsicht amerikanischer Soldaten daran vorbeidefilieren mussten, diese Leute hätte er genauso gut kennen können, sie sahen wie jeder andere Mensch auch aus.« Weil er überlebt hat, bildet er sich ein,

ein Komplize der Verbrechen zu sein: »Der Schulddruck auf seiner Brust wurde immer schwerer.« Und die Frage, wer hat was »in der kackbraunen Uniform« getan, quält ihn bei jedem Deutschen, dem er begegnet. Sie bemitleiden sich und trauern um »die schöne Hitlerzeit«. Der Freund seines Onkels, ein respektierter Maler, erzählt ihm »ganz bedenkenlos«, wie er 1942 als Wehrmachts-Maler in der Ukraine Frauengesichter speziell ausgesucht und gemalt hat, um die Merkmale des »Untermenschen« zu dokumentieren.

Auch die Familie lässt ihn spüren, dass er nicht mehr dazugehört. »Diesen Menschen, die nie voneinander getrennt gewesen waren, konnte er nichts erzählen, sie wussten bestimmt nichts von dem die Brust von innen auffressenden Heimweh.« Sie sagen dreist: »Du, du hast es gut gehabt.«

Und jetzt weiß man als Leser, Arthur Kellerlicht ist erwachsen, er hat sich in seinem »großen Trubel des Danach« selbst erzogen. Auf einmal überwältigt ihn das Heimweh nach Frankreich, »dass er vor Verzweiflung aufheulte und das Gras ausriss«. In diesem Heimweh schreit aber der klare Verstand. Er weiß: »Sein Land war es nicht mehr, dazu war es zu spät. (…) Er stieg wieder in den Zug nach Paris.«

Auf der letzten Seite des Buches trifft Arthur »eine ganz junge Frau, fast noch ein Mädchen, im grünen Mantel mit großen, grünen Knöpfen, obgleich man sie zum ersten Mal zu Gesicht bekommt, erkennt man sie sofort, sie ist es, sie hat man seit jeher gekannt, (…) obgleich man sie zum ersten Mal sieht.« Er entdeckt, dass Liebe auch »anders zu machen war als mit erträumten Inszenierungen«.

Als allerletzten Satz, und das zeigt wieder mal Goldschmidts

Stilsicherheit, nimmt er sich das Ende der Märchen, wo es heißt: Sie heirateten und waren sehr glücklich. Den Märchensatz wandelt er ab: »Sie heirateten bei Regenwetter im Frühling, wurden sehr glücklich und bekamen Kinder.« Dieser Satz ist parodistisch, nimmt die Parodie jedoch von selbst zurück. Vielleicht nur bei mir, weil ich mir denken muss, dass ich das Kind eines SS-Soldaten bin. Ich musste halb lachen, halb weinen. Ich mag diesen letzten Satz, seine freche Melancholie.

Goldschmidts Buch zeigt, dass die Begriffe Erfahrung, Identität, Migration einem nicht weiterhelfen, wenn das Leben ernst macht, wenn es darauf ankommt. Mit einer Wortschöpfung Goldschmidts könnte man sagen, sie sind »lippenfertig«.

Im Impressum dieses Buches steht in winziger schwarzer Ameisenschrift, dass *Ein Wiederkommen* 2011 auf Französisch unter dem Titel *L'esprit de retour* erschienen ist. Georges-Arthur Goldschmidt selbst hat die Erzählung aus dem Französischen »übertragen und ist zu großen Teilen von dieser Fassung abgewichen«. Demnach hat Goldschmidt ein und dasselbe Buch zweimal geschrieben. Das Deutsche hat die Abweichungen notwendig gemacht.

Deutschland hat maßlos viel unternommen, um zu verhindern, dass es den deutschen Autor Georges-Arthur Goldschmidt gibt. Es hat ihm die Eltern, die Heimat und die Muttersprache geraubt. Anders als Paul Celan hat er lange Jahre nur auf Französisch geschrieben. Und er konnte sich von diesen drei Verlusten letztendlich und leider nur die Sprache zurückholen. Und ich kenne kaum einen Autor, der so ein Deutsch schreibt, dass einem das Herz in den Kopf pocht. Und keinen, der jedes deutsche Wort so schrecklich teuer bezahlt hat.

Dass Sprache Heimat ist, diese Binsenweisheit sollte niemand mehr sagen, ohne hinzuzufügen, oder noch besser, ohne voranzustellen: Wenn man der Heimat nicht im Weg steht, wenn sie einen leben lässt, dann ist Sprache Heimat.

DER VERDAMMTE VERSCHWOMMENE MOND

Unauffällig leben, das klingt so harmlos. Als wäre es nur eine ständige Bescheidenheit. Als wolle man nur kein Aufsehen erregen. Es kann sein, dass das teilweise stimmt in Demokratien. In Diktaturen wird alles überwacht und das Gewöhnlichste am Alltag wird politisch. Auch wenn man das nicht wahrhaben will. Das unauffällige Leben muss sich ständig arrangieren, bewusst oder verwegen oder schlau und verlogen oder ahnungslos naiv. Manche hatten dabei ein halbes schlechtes Gewissen und ein halbes gutes Gefühl – das geht zusammen. Sie sagten, den gesenkten Kopf trifft kein Schwert. Es ist eine rumänische Redewendung mit einer langen Tradition. Sie unterfüttert die Gleichgültigkeit mit Selbstzufriedenheit. Denn sie suggeriert, wer Probleme bekommt mit dem System, ist selbst schuld. Die meisten Leute sagten, wir machen keine Politik. Und sie hatten ein infantiles Verhältnis zum Staat. Als würden sie ihm buchstäblich ihre Existenz verdanken. Ich dachte oft, sie sind keine Landeskinder, sondern nur noch Staatskinder. Sie partizipieren im stillen Einverständnis. Sie tragen die Fassade der Diktatur.

Ich glaube, Politikmachen nennt man nicht nur das, was man tut, sondern auch das, was man nicht tut. Ich arbeitete in einer Maschinenbaufabrik als Übersetzerin. Eines Tages kam in mein Büro ein Mann und stellte sich als Geheimdienstler vor, schloss die Tür von innen ab und wollte mich als Spitzel anwerben. Ich weigerte mich. Er fing an zu toben, warf die Blumenvase an die Wand und schrie: Dir wird es noch leidtun. Wir stecken dich ins Wasser.

Mitten durch die Stadt fließt die Bega.

Ich wurde ab nun jeden Morgen zum Direktor bestellt und beschimpft. Ich durfte mein Büro nicht mehr betreten. Um nicht wegen Abwesenheit entlassen zu werden, beschloss ich, wie bisher jeden Morgen pünktlich um halb 7 in der Fabrik zu erscheinen. Ich setzte mich zum Arbeiten auf mein Taschentuch ins Treppenhaus zwischen die Etagen. Die Welt war entgleist. Denn der Geheimdienst rächte sich und verbreitete in der Fabrik das Gerücht, ich sei ein Spitzel. Die wenigen Kollegen, die mich näher kannten, gaben mir die Schuld an meiner Lage. Und die anderen glaubten der Verleumdung. Ich saß buchstäblich isoliert in diesem Treppenhaus. Die Kollegen gingen vorbei, als wär ich nur ein Schatten des Treppengeländers. Heute weiß ich, genauso schlimm wie Todesangst ist bei politischer Verfolgung der Sturz in die Einsamkeit. Wenn man dann noch Glück hat, gibt es eine Handvoll Freunde, die in derselben Situation und genauso verzweifelt sind.

Nach wochenlangen Schikanen der Fabrikdirektion wurde ich entlassen. Es begann nun die Zeit der Verhöre beim Geheimdienst. Und ich ging jedes Mal mit einer Zahnbürste in der Handtasche hin, weil ich nicht wusste, ob ich nach den stundenlangen Verhören wieder nach Hause darf oder verhaftet werde. Ich wusste beim Verhör, dass im Keller unter mir Gefängniszellen sind. Ich hatte Freunde, die kannten diese Zellen von innen. Und wenn ich wieder gehen durfte, dachte ich: Zum Glück nehme ich das Gefängnis nur an den Schuhsohlen in eine leere Freiheit mit.

Einen Ausweg gab es nicht. Sondern immer mehr Dinge, die mich schluckten. Es schneite zerrissene Taschentücher, der Vogel an der Bushaltestelle ging auf den Händen ins Gras, der Stoppelbart des Vernehmers war aus Erde, das Holz der Bäume Möbel im Wind, die Frau im Park aß einen Pfirsich aus ihrer eigenen Gesichtshaut. So fing ich an zu schreiben. Die Wörter halfen mir, erlaubten, ja benötigten sogar das Surreale, das diffus daherkam, aber genau dadurch das politische Gefüge der Tage berührte. Diese Verrücktheiten änderten außen nichts, aber sie waren ein innerer Ausweg. Ich schrieb:

Als ich vom Verhör kam
war ich niemandes Kind mehr
und mir nicht mehr verwandt
am Straßenrand standen die Möbel der Bäume
doch wo kam der Wind her

Ich war nun ein Staatsfeind, aber kein Spitzel. Für mich war das selbstverständlich, es gab nichts zu überlegen. Ich fühlte mich sogar erleichtert, weil der Geheimdienst jetzt klipp und klar wusste, dass er mit mir nicht rechnen kann. Für meine Mutter war der Rausschmiss nichts als eine Schande. Die Gründe für die Entlassung interessierten sie nicht. Sie wollte weiter unauffällig leben und das hatte ich ihr kaputt gemacht. Sie sagte:

Andere klatschen und verdienen Geld und du liegst eines

Tages tot im Graben. Du bist mein Kind, aber dafür hab ich dich nicht großgezogen.

Und dann nach einer Pause: Du bringst unsere Familie in Gefahr.

Das klang so, als gehörte ich nicht mehr dazu.

Und ich sagte: Von euch will ich nichts lernen.

Von dieser Familie hatte ich aber bereits viel gelernt – aber andersrum. Ich hatte mir abgeschaut, was man nicht tut. Ich wusste, mein Vater ging freiwillig zur SS. Man sagte, er sei singend in den Krieg gezogen. Als Heimkehrer wurde er Alkoholiker wie viele im Dorf. Auf Hochzeiten sangen die sogenannten Kameraden im Suff ihre Nazilieder.

Und mein Onkel war als SS-Soldat im Krieg gefallen.

Ich erinnerte mich an eine Szene, die ich damals als Kind nicht verstand. Mein Kopf reichte kaum über den Tischrand. Mein Großvater hatte ein Foto des toten Onkels, seines Sohnes, auf dem Tisch liegen. Der tote Onkel war in der SS-Uniform und mein Großvater versuchte die Runen auf den Kragenspitzen der Uniform zu entfernen. Er kratzte zuerst mit einer Rasierklinge, dann tupfte er mit einem feuchten Zipfel seines Taschentuchs Ruß von der Ofentür auf den Kragen. Es half nichts. Und er versuchte es mit Asche und es half nichts. Und dann mit abgebrannten Zündhölzern. Das Foto war nun zerkratzt und von der Feuchtigkeit gewellt, aber die Runen waren jetzt zwei helle Flecken unterm Kinn seines Sohns. Sie wuchsen zusammen und hatten einen blassen Hof wie nachts der verschwommene Mond.

Die Vergangenheit geht nicht weg. Sie hing im Leben meiner Familie wie ein verschwommener Mond.

Die Runen selbst hätten meinen Großvater nicht gestört. Aber im Spätstalinismus, in einem kleinen Dorf, war es ratsamer, ein unschuldiges Foto an die Wand zu hängen.

Ich kam aus dem Dorf aufs Gymnasium in die große Stadt. Ich sah dort die verlogenen Parolen der Diktatur, ihre aufgeblasenen Funktionäre. Überall waren Angstmacher und Denunzianten. Und die von Angst dressierten Leute mit ihrem vorauseilenden Gehorsam. Ich sagte mir: Ich bin jetzt so jung wie mein Vater, als er singend in den Krieg zog. Ich lebe in einer anderen Zeit, aber auch in einer Diktatur. Man darf von Anfang an nicht mitmachen, sonst verstrickt man sich in Schuld und kommt nicht mehr heraus. Sonst bleibt ein Fleck im Leben wie ein verschwommener Mond.

1987 kam ich mit kaputten Nerven in Deutschland an. Ich erzählte den deutschen Behörden mein Leben in Rumänien rauf und runter. Ich wurde gefragt, ob ich politisch verfolgt war oder ob ich Deutsche sei. Ich sagte: Beides. Darauf meinte der Beamte: Dafür gibt es kein Formular. Ich solle für die Einbürgerung den SS-Nachweis meines Vaters aus dem Document Center in Berlin besorgen. Es war ein Schock. Ich weigerte mich und sagte: Ich will nicht deutsche Staatsbürgerin werden durch die SS-Angehörigkeit meines Vaters. Ich schäme mich dafür.

Der Beamte sagte: Aber Sie sind doch sein Kind.

Und ich sagte: In dieser Hinsicht nicht.

Mein Großvater wollte die Runen auf den Kragenspitzen damals unschuldig machen für ein Foto an der Wand. Und ein deutscher Beamter wollte jetzt die Runen unschuldig machen für meine Staatsbürgerschaft, als spielten auch für ihn die Verbrechen der Nazis keine Rolle.

Da war er wieder, dieser verdammte verschwommene Mond.

Ich glaube, Sie verstehen jetzt, dass ich beklommen hier stehe und anders glücklich als jemals sonst.

DIE ZAHNBÜRSTE UND DAS GLÜCK

Rede zur Verleihung des Ordens Pour le mérite

Den Orden Pour le mérite gibt es nun schon seit 180 Jahren – das ist eine Zeitspanne für Historiker. Das ist Geschichte. Wie soll ich mich darauf beziehen. Ich bin es nicht gewohnt, in so großen Zeitspannen zu denken. Ich kenne aus meinem Leben in einer Diktatur nur das Umgekehrte – das Leben im Augenblick, dass es keine Zeit gibt für Dauer. Dass es in kurzen, gehetzten Entscheidungen auf alles ankommt. Überall Unsicherheit, ungewollte Abbrüche. Das erzwungene Kollektiv und mittendrin Denunziation, Heuchelei, Verdacht, der wie Gestrüpp wächst. Tagein, tagaus das furchtbare Scheppern der Propaganda und die vielen Funktionäre – diese polierten Nullen mit ihrem dreckigen Maul und den sauberen Händen. Die totale Entmündigung des Individuums. Die meisten Leute tragen die Lügen herum wie angewachsene Kleider. Sie wollen keine Wahrheit, sondern unauffällig leben um jeden Preis. Angst dressiert. Und das heißt, sie erwarten nichts Eigenes mehr vom Leben – nichts, was der Diktator nicht erlaubt

Man sagt zwar LEBENSLAUF, als wär alles glatt gelaufen, aber ich bin ständig gestolpert. Wenn ich zurückdenke, zerbricht die Zeit in winzige Stücke, die sich, wenn ich sie zusammensetzen will, nicht ertragen. Denn das Detail wurde in der Angst immer größer als das Ganze. Die eigene Wohnung war fremder als der Bahnhof, weil ein Küchenstuhl im Schlafzimmer stand, wenn ich nach Hause kam. Oder das Bild von der Wand lag auf dem Bett, oder eine Kaffeetasse mit Zigarettenstummeln stand im Kühlschrank. Der Geheimdienst ging ein und aus, der Tür sah man nichts an. Er hinterließ Zeichen, wenn er wollte. Das Gelebte tickt im Kopf vor und zurück, wie es will. Es ist wie ein Bumerang. Hier in Deutschland sah ich viele Jahre später auf den LKW der Umzugsfirmen den unschuldigen Satz: Wir machen Ihren Möbeln Beine.

Die Zeitspanne, für die das Ticken im Kopf gerade noch reicht, heißt bei mir LEBENSZEIT. Sie ist das bestimmende, vielleicht sogar einzig gültige Maß. Die viel zu großen Details, die nicht ins Ganze passen, kommen von den großen Augen der Angst. Sie verschiebt den Blick auf die Welt. Die riesigen Details und das winzige Ganze taugen nicht für Geschichte, höchstens für Geschichten. Und diese sind einzeln vorhanden. Sie bleiben mir selbst auch beim Reden darüber bis heute so undurchschaubar, wie sie damals beim Erleben undurchschaubar waren.

Ich lebte über 30 Jahre in der rumänischen Diktatur Ceaușescus, bis ich 1987 nach Deutschland kam. Von dort habe ich so viel gestohlene Lebenszeit mitgebracht, dass ich diese bis heute zurückstehlen muss, indem ich davon erzähle. Ich erzähle gegen diese komplette Niederlage der eigenen Person bei jedem Verhör. Der Vernehmer sagte:

Was glaubst du, wer du bist.

Ich sagte: Ich bin ein Mensch wie Sie.

Darauf sagte er: Das glaubst du. Wir bestimmen, wer du bist.

Und so war es auch in dieser Diktatur, und so ist und bleibt es auch in allen anderen Diktaturen.

Eine Geschichte aus der gestohlenen Lebenszeit ist die Geschichte von der Zahnbürste.

Als Staatsfeind wurde ich oft zum Verhör bestellt oder von unterwegs mitten aus der Stadt abgefischt und zum Geheimdienst geschleppt. Ich wusste nie, ob ich nach dem Verhör wieder nach Hause oder ins Gefängnis komme. Deshalb lief ich monatelang, für den Fall der Verhaftung, mit einer Zahnbürste in der Handtasche herum. Sie war immer mit mir, ich räumte sie um, wenn ich die Tasche wechselte. Jedes Verhör war von Anfang bis Ende unberechenbar. Und ich ging nach jedem Verhör, meistens durch die Nachtluft mit meiner leeren Freiheit nach Hause. Denn ich wurde nie verhaftet. Wieso? Ich hatte Glück und dieses Glück war meine Zahnbürste – ich war mir sicher. Ich war auf sie angewiesen, aber ich musste sie nie benutzen. Und sie trug mich mehr als ich sie.

Es ging ums Glückhaben. Und Glückhaben muss man immer. Deshalb nahm ich 1987 meine Zahnbürste selbstverständlich im Koffer mit nach Deutschland. Und ich trug sie weiter in der Handtasche.

Nach meiner Ankunft ging eine meiner ersten Reisen zu einer Lesung nach Florenz. Die Universität bot mir an, eine Woche zu bleiben, ich wohnte im Gästehaus. Am zweiten Tag saß ich in einem Straßencafé. Als ich bezahlen wollte, war meine Handtasche weg – gestohlen. Alles drin, der Pass, das Geld, die Schlüssel vom Gästehaus – aber das Allerschlimmste, meine Zahnbürste. Ich fühlte mich völlig verloren.

Man sagte mir, dass gestohlene Taschen oft ein paar Tage

später im Fundbüro landen. Ich glaubte zwar nicht daran, ging aber mehrmals am Tag hin. Und wirklich, meine Handtasche war auf einmal wieder da. Und es war alles drin – außer dem Geld und meiner Zahnbürste.

Damals sagte ich mir: Was weiß ich, vielleicht bin ich jetzt in Westeuropa fürs Glückhaben nicht mehr auf diese treue Zahnbürste angewiesen. Sie hatte mir jahrelang zu einer leeren Freiheit verholfen. Und was ich damals noch dachte: Wahrscheinlich weiß sie besser als ich, dass das Leben in einer Demokratie sowieso ein Glück ist. Und das stimmt bis heute, gerade heute.

Ich danke den Mitgliedern des Ordens Pour le mérite, dass sie mich in ihren Kreis aufgenommen haben.

EIN MONOLOG

EINE FLIEGE KOMMT DURCH EINEN HALBEN WALD

ER LEBT NICHT mehr. Oder er lebt. Man kann auch leben, ohne sich zu melden.

Ich weiß, er kommt nicht mehr.

Wenn Blech klappert, wenn am Baum eine weiße Rinde ist oder ein Taschentuch in einer Hand, denke ich schnell an etwas anderes, das ich nicht sehe. Vielleicht sollte ich an das denken, was ich sehe. Aber ich trau mich nicht. Und wer sagt mir, wie lang und breit ich daran denken müsste, dass es in den Kopf hineinpasst. Und wie kriege ich es dann aus meinem Kopf wieder hinaus.

Draußen am Baum oder drinnen im Kopf, ich hab keine Ahnung, was besser ist.

Vierunddreißig Jahre lang war ich in der Fabrik. Morgens früh kam ich aus der Nachtschicht.

Das Zimmer war viel allein. Auf dem Teppich war nachts, während ich in der Arbeit war, die Wolle gewachsen, dass der Tisch morgens tiefer stand als am Abend davor. Die Möbel schliefen.

Wie hätte ich schlafen sollen, wenn jedes Tischbein langsam im Schlafen zuwuchs. Ich lief der Nacht davon, in die Nachtschicht zu den Schrauben. Sie passten zur Nacht. Und den anderen Frauen, die Männer zu Hause hatten, tat ich was Gutes.

In der Morgendämmerung kam ich aus der Arbeit. Auf dem Heimweg stand der Mond über schweren Bäumen. Die Blätter schliefen noch. Die Nächte waren staubig, das Laub war müd. Und im Winter waren die Bäume kahl und gleich müd. Das Holz war schwer.

Hier am Himmel stand der Mond über dem Busbahnhof – und drüben am Himmel stand die Sonne über der Zigarettenfabrik. Am selben Himmel waren beide nicht größer als ein Zeh. Der Mond wurde warm und zog von den Bäumen weg und kam mir vors Gesicht. Und die Sonne wurde kalt, kam in die Bäume und zog hinter meinen Nacken.

Es war verkehrt, aber nicht für mich. Ich ging jeden Morgen aus dem Anfang des Tages hinaus. Die Sonne stand nachtäugig in meinem Hinterkopf und vorne stand mein Gesicht, es hatte nicht geschlafen. Und der Himmel hatte einen Buckel aus Wolle, einen Buckel in die Stadt hinein.

Im Morgen standen zwei Paar Zehen – nur, an zwei verschiedenen Paar Füßen. Ich hätte mir zwei Leben vorstellen können, zwei gleichzeitige, weit entfernte. Doch ich tat es nicht. An meinem Gaumen stand der drückende Durst von den Schrauben, ein Durst wie abgewetzter Samt. Ich dachte mir, wenn ich die beiden Zehen sah, etwas anderes, wovon ich nie hätte sagen können: Das ist es jetzt, was du dir denkst.

Doch was ich mir dachte, rührte sich jeden Morgen auf dem Heimweg in meinen Hals. Ich musste leer schlucken.

Wenn ich in mein Zimmer kam, schlief das Zimmer. Was

sollte es tun, wenn niemand da war, der wie in anderen Zimmern ging oder saß oder schaute, ob alles noch da ist.

Ich war nie müde, ich hatte nur vom Heimweg oder von der Morgenluft einen Knick. Ich legte mich schlafen in ein Bett, das noch schlief, auf ein Kissen, das noch schlief, neben einen Tisch, der morgens tiefer als am Abend auf dem Teppich stand.

Ich hatte mir angewöhnt, in der Fabrik vor dem Heimweg eine ganze Flasche Milch zu trinken. Ich setzte die Flasche an den Mund und trank sie leer. Ich trank die Milch wie Schnee. Sie nahm aus meinem Kopf die Schrauben weg. Wenn ich die Milch getrunken hatte, ging ich noch ein Mal in der Halle hin und her. Ich ging in meinen eigenen Füßen wie ein Krug, in dem eine Zunge stand mit einem langen Stiel.

Wenn ich im Bett lag, kam der Schlaf langsam über mich. Nicht mein eigener. Das Bett hatte mir so viel Schlaf voraus, dass ich im Traum immer ein Kleid aus farblosem Tuch trug. Das Kleid war durchsichtig. Es wäre aus Glas gewesen, wenn man mich durch das Kleid hindurch gesehen hätte. Doch man sah mich nicht. Entweder trug ich es nicht, oder man sah nicht hindurch.

Immer, wenn ich träumte, standen wir am Stadtrand im Kartoffelfeld. Ich trug das Kleid, und das Kartoffelkraut trug weißblau unterlaufene Blüten. Er hielt mich an der Hand. Mit der anderen Hand zeigte er mir Berge. Sie waren hoch und weiß, doch am Fuß unten so dünn wie an den Spitzen oben. Ich sagte, das sind doch Zimmerwände, da hängt doch dein Bild dran. Er sagte, das Bergwerk ist unten. Ich sagte, die Grube. Er sagte, das Bergwerk. Ich dachte, die Grube.

AN EINEM MORGEN sah ich auf dem Heimweg neben der Ecke der Zigarettenfabrik ein Kind mit einem roten Revolver stehen. Ich dachte mir nichts, als der Kinderfinger am Griff zog. Doch dann kam der Wind an der langen Wand entlang und klapperte an einem Blechschild mit einer durchgestrichenen Trompete.

Wenn der Wind nicht am Blech geklappert hätte, wüsste ich das gar nicht mehr, dass so früh am Morgen ein Kind mit einem Revolver an der Ecke der Zigarettenfabrik stand.

Der Wind schlug kurz hinauf, es flog ein Staubwirbel nicht größer als ein Schultertuch. Das Blechschild mit der durchgestrichenen Trompete klapperte nur kurz. Aber das waren solche Dinge, da dachte ich an ihn. Ich hätte fast sagen können, das denkst du dir jetzt über ihn, weil es nichts mit ihm zu tun hatte, dass Wind ging und Blech klapperte, oder Wind ging und Bäume rauschten oder Wind ging und einem nur das Haar hob und die Blätter an den Bäumen nicht.

DEN BRIEFTRÄGER SAH ich nie. So früh morgens ging er nie an mir vorbei und später ging ich nie an ihm vorbei. Ich weiß heute noch nicht, wie er aussieht. Ich wollte ihn nie sehen, denn ich dachte, er kann jeden Tag eine Nachricht bringen. Eine gute oder eine schlechte. Nicht meinetwegen, sondern nur, weil er von sich aus, auch ohne mein Leben täglich diesen Weg ging. Er hätte es leicht gehabt, die Nachricht zu bringen, ich hätte ihn an keinem einzigen Tag gesehen, wie er den Brief mit der Nachricht in den Schlitz wirft. Er hätte mich nicht lachen und nicht weinen sehen müssen. Er hätte den Brief auch immer wieder vergessen und Tage und Jahre mit sich herumtragen können. Ich hätte es nicht gewusst.

Auch den Unterschied zwischen der guten und der schlechten Nachricht fraßen die Jahre, ich war so lange allein.

MITTEN IM SOMMER stand drei Gärten weiter eine Vogelscheuche. Ich wusste, wie man Vogelscheuchen macht. Dass man zwei Äste zusammennagelt zu einem Kreuz, dass man den langen Ast in den Boden steckt, rundherum Steine legt und die Erde beschwert. Auf das Astende oben den Hut hängt. Und dem kurzen Ast die Jacke überzieht und dem langen Ast die Hose. Dass man einen schwarzen Anzug nimmt, ihn mit Stroh ausstopft, bevor man ihn zuknöpft.

Ich schlich eines Nachts in den Garten und nahm die Vogelscheuche vom Kreuz. Und als ich das getan hatte, war auf dem Holz eine weiße Rinde. Ich wollte nur den schwarzen Anzug und den Hut vom Holz herunter in den Garten legen, weil ich mir seit Wochen jeden Morgen auf dem Heimweg dachte: Die stellen ihn aus. Nicht die Nachbarn, sondern die nachtkalten Himbeeren, morgens klumpig rot geronnen bis an den Wegrand, aber immer bereit, Blut zu vertropfen. Und die Kletterbohnen, taumelig dürr rasselten sie mit hellen Schoten, als lägen Steine drin.

Als der ausgestopfte Anzug im Gartenweg lag, hatte er, weil auf den Ästen diese weiße Rinde war, mit ihm nichts mehr zu tun. Die Rinde auch nicht, ich dachte nicht an Haut, so was mach ich mir nicht vor.

Doch mir war, als ich diese Rinde sah, als ob ich frieren müsste.

WENN ICH IM Zug saß und in die andere Stadt fuhr, nahm ich es hin. Draußen fuhr eine Welle aus Himmel, Feld und Gestrüpp. Und die Schienen sangen. Manche redeten miteinander. Doch wie das so ist in Zügen, wenn die Schienen eine Weile singen, schweigen sie. Lange, fahrende Gespräche gibt es nicht. Auch wenn einer sein ganzes Leben erzählt, macht er es kurz.

Dann wird es still.

Immer erwähnt man Züge und Schienen, wenn man von Strafgefangenen spricht. Man erwähnt sie, aber das war es nicht, was ich mir dachte. Auch nicht die Stille war es, nachdem ein Mann erzählt hatte, er halte es bei seiner dritten Frau nicht aus, zu seiner zweiten gehe er nie. Er gehe jede Woche einmal zu seiner ersten Frau und bitte sie, übernachten zu dürfen, er habe dort noch ein Bett. Auch die Schienen waren es nicht, die für sich sangen. Das alles hätte dazugehören können, doch es hatte in meinem Kopf nichts zu sagen über ihn.

Dann zog der Mann ein Taschentuch aus der flachen, ledernen Tasche. Das Taschentuch war frisch gebügelt. Das war es, woran ich dachte und mir sagen konnte: jetzt denkst du dir das. Und: jetzt denkst du dir das über ihn.

Der Mann wischte sich die Mundwinkel ab und steckte das Taschentuch zurück in die flache lederne Tasche.

Bis zur nächsten Stadt waren kleine Bahnhöfe neben den Schienen und dahinter kleine Dörfer. Der Mann schlief, seine Wange beschlug die Scheibe. Ich dachte, wenn der Zug fuhr, ans Aussteigen an einem kleinen Bahnhof. Ich dachte, durch den Wartesaal in die Dorfmitte gehen, Zäune und Fenster ansehen auf dem Weg und in der Dorfmitte etwas kaufen. Etwas, was man im Gehen gleich essen kann, einen Kipfel oder einen Apfel.

Doch wenn der Zug an einem Bahnhof hielt, dachte ich nicht ans Aussteigen. Der Mann mit dem Taschentuch merkte jeden Bahnhof im Schlaf. Er spürte den Ruck und dass die Schienen nicht sangen. Ich sah, wie er mit den geschlossenen Augen die Bahnhöfe suchte, wie sich seine Augäpfel wach drehten und die Lider darüber nicht aufwachten, wie sie zu schwer waren für seine Augen. Und wie seine Augen gleich aufhörten, sich zu drehen. Wie sie wieder stillstanden, ohne den Bahnhof gesehen zu haben. Ich saß so ruhig, dass ich nicht einmal im Knie für das Aussteigen ein Zucken spürte, um den ersten Schritt zu tun. Doch wenn der Zug wieder fuhr, dachte ich wieder ans Aussteigen, so wie ich mir etwas anderes hätte denken können, das im Kopf so hin und her gegangen wäre ohne Grund.

Ich wusste, dass ich ans Aussteigen denke, weil ich nicht aussteigen will. Nur ans Aussteigen denken, das wollte ich. Das frisch gebügelte Taschentuch hatte mit nichts etwas zu tun. Doch es war das, was ich mir dachte, wovon ich hätte sagen können: jetzt denkst du dir das. Und: jetzt denkst du dir das über ihn.

Ich musste ankommen in der Stadt. Das Aussteigen hätte mich weggeschwemmt und ihn hätte es nicht zurückgebracht. Der Briefträger hätte keine Nachricht gebracht, nicht einmal wenn ich in fremden kleinen Dörfern tagelang hätte bleiben können.

Jede Stadt ist größer als ein gebügeltes graurandiges Taschentuch, jede Stadt ist wirklicher. Doch er war näher.

Damals wusste ich noch, welches die gute und welches die schlechte Nachricht gewesen wäre.

MANCHMAL VERDREHTE ICH die gute und die schlechte Nachricht. Dann war alles sein Gegenteil, es blieb nicht so. Nur so lange, wie es blieb, stimmte es.

Wenn ich morgens das Kissen schüttelte, dachte ich, wenn es anders wäre, würde ich jetzt zwei Kissen schütteln. Ich hängte das Kissen ins offene Fenster. Die Morgenluft war kühl und noch keine Stadtluft, bevor die Sonne kam. Da sah ich, dass auf dem Fenstersims für zwei Kissen gar kein Platz wäre. Die Morgenluft war nicht kühl, weil die Sonne schon in der anderen Straße auf einem der schweren Bäume hing. Um zwei Kissen zu kühlen, hätte die Morgenluft keine Zeit gehabt, denn der Mittag wuchs vor der Uhrzeit her.

Ich stellte Kaffeewasser auf den Herd. Ich hatte mein Maß, zwei Tassen Wasser, damit es nicht zu viel wird. Wenn ich die zweite Tasse Wasser in den Topf goss, dachte ich mir, wenn es anders wäre, bräuchte ich vier Tassen Wasser. Am Topfboden sangen kochende Blasen für sich. Ich hielt die dritte Tasse über den Topf. Jedes Mal hielt ich die dritte Tasse mit kaltem Wasser über das kochende Wasser. Doch ich goss sein kaltes Wasser nie hinein. Ich leerte die dritte Tasse ins Waschbecken zurück. Unter das Wasser aus der Tasse hielt ich den ausgestreckten Finger hin. Ich ließ mir die ganze Tasse Wasser über den Finger rinnen. Wenn sie leer war, war sie die vierte Tasse. Ich spürte die dritte Tasse so lange an den Fingern, als wäre sie die vierte.

WENN ICH MIR etwas kochte, trug ich den Kartoffelkorb in die Küche. Ich schälte eine dicke Kartoffel. Dann nahm ich die zweite und drehte sie in der Hand. Wenn es anders wäre, dachte ich, müsste ich zweimal eine dicke Kartoffel schälen. Doch in die zweite Kartoffel schnitt ich nie hinein. Ich brach ihr die Keime ab und legte sie in den Korb zurück.

Wenn man von Strafgefangenen spricht, erwähnt man immer Kartoffeln. Doch meine hatten damit nichts zu tun. Ich hätte mir eine gekochte Kartoffel im Lager vorstellen können. Doch ich tat es nicht. Ich zählte meine eine Kartoffel, die ich kochte, weil ich wusste, seine dicke Kartoffel kommt heute davon. Seine dicke Kartoffel wird erst morgen für mich geschält.

Wenn eine von zwei Kartoffeln immer davonkommt, dachte ich mir, wird ein halbes Jahr Kartoffeln ein ganzes Jahr. Und in Jahren ist das so viel wie ein Feld hinter der Stadt. Ich wusste, ein ganzes Kartoffelfeld hinter der Stadt hätte ihn gefreut.

Ich aß immer schnell, um satt zu werden, ohne das Essen zu spüren. Ich saß immer so, dass ich hinaus auf die Straße sah. Manchmal stand ich am Fenster mit dem Teller in der Hand. Draußen ging jemand. Oder stand oder schrie. Oder sah sich nur um und schwieg.

Ich konnte essen, weil ich sie sehen konnte.

Wie sie gingen, standen oder sich umsahen – ganz fremd waren sie nicht. Von oben waren sie klein. Ich kannte keinen im Gesicht.

Ich kaute nur kurz. Ich schluckte die Bissen hinauf in den Kopf, ich hatte mir das angewöhnt. Sie deckten das Hirn zu. Meine Augen wurden warm, ich drehte sie ein paarmal hin und her, die Wärme blieb darin stehen.

Zwei Männer, die aus der Strafgefangenschaft zurückgekommen sind, essen am liebsten Kartoffeln, obwohl sie davor nicht gerne Kartoffeln gegessen haben. Daran dachte ich immer, wenn ich aß. Der eine sagt, eine warme Kartoffel ist ein warmes Bett. Und der andere sagt, eine warme Kartoffel ist ein Sommer auf einmal im Mund, man kann wieder wochenlang frieren. Und er sagt, wenn die Fahnen wehen, rutscht der Verstand in die Trompete.

Beide Männer waren in Enakjevo, wie er. Beide waren in Kohlengruben in den Bergen. Die Berge waren zwei Jahreszeiten weiß und eine schwarz. Beide kennen ihn nicht. Denn er war in einer Autowerkstatt, und er durfte mit niemandem reden.

Wenn er es war.

Eine Mitreisende, die fünf Jahre in Enakjevo in einer Fabrik war, hat einer Frau im Zug erzählt, dass unter der Fabrik eine Autowerkstatt war. Und dass im Fußboden ein Loch so groß wie eine Baumkrone war. Sie schaute jeden Tag in die Autowerkstatt hinunter und sah den Mann, der nach oben sah. Beide durften nicht reden, denn sie wurde oben in der Fabrik bewacht und er wurde unten in der Werkstatt bewacht.

Um in die Autowerkstatt hinunterzuschauen, tat sie so, als müsste sie ihre Schuhe binden. Die Schuhe waren eng und drückten.

Sie wäre in diesen Schuhen besser ohne Schnürsenkel gegangen, und die Schnürsenkel waren keine Schnürsenkel. Es waren Fäden aus groben Säcken. Sie zerrissen nach einem Tag. Doch die Frau zog morgens, wenn sie in die Fabrik kam, immer Fäden aus den Säcken in die Schuhe ein, um wenigstens ein Mal am Tag an das baumkronengroße Loch zu gehen, die Schuhe zu binden und den Mann in der Autowerkstatt zu sehen.

Manchmal ließ die Frau eine dicke Kartoffel durch das Loch in die Autowerkstatt hinunterfallen. Und manchmal kam sie an das baumkronengroße Loch und es lag eine dicke Kartoffel, die der Mann aus der Werkstatt für sie hinaufgeworfen hatte, neben dem Loch auf dem Boden.

Die Mitreisende sagte, eine warme Kartoffel ist so viel wie ein Handschuh für zwei Hände. An der einen spinnt Wärme in den Fingern Watte, an der anderen spinnt Kälte in den Fingern Draht. Sie sagte, mein Magen war geschrumpft, eine dicke Kartoffel machte mich satt. Doch wenn der geschrumpfte Magen satt war, kam langsam das Weinen über mich und ich weinte Sand. Ich war so abgemagert, ich trug die Knochen außen. In der Fabrik konnte ich Eisen tragen. Doch wenn ich in der Baracke weinen musste, rieb das Wasser mir die Wangen auf, als wären in den Tränen Steine. Wenn ich mich satt gegessen hatte, sagte die Mitreisende, war ich in meinen Knochen so allein wie der Tod.

Die Frau, die mir das über die Mitreisende erzählte, hat das im Zug gehört, auf der gleichen Strecke in eine andere Stadt, auf der Strecke, die ich manchmal fahre.

Die Mitreisende ist nach der Frau eingestiegen. Sie wohnt hinter einem der kleinen Bahnhöfe in einem kleinen Dorf. Doch die Frau hat sich nicht gemerkt, an welchem Bahnhof die Mitreisende zugestiegen ist. Denn die Mitreisende fing nach dem Einsteigen nicht gleich zu erzählen an. Sie fing so spät zu erzählen an, dass sie immer schneller reden musste, weil die Stadt mit ihrem Bahnhof näher kam. Ihren Namen hat die Mitreisende nicht gesagt, es war sowieso eine Fahrlässigkeit, dass sie Fremden auf der Fahrt so was erzählte. Sie hatte sich das zu erzählen nicht vorgenommen. Man hörte ihrer Stimme an, dass sie sich, während sie erzählte, jedes Wort gerne verboten hätte. Man wusste nicht, was die Mitreisende dazu gebracht hatte, zu erzählen gegen sich selbst.

Eines Tages, sagte die Mitreisende, habe die dicke Kartoffel neben dem baumkronengroßen Loch gelegen. Sie band die Sackfäden an ihren Schuhen, um sie aufzuheben und in die Autowerkstatt zu sehen. Als sie die Kartoffel in der Hand hielt, spürte sie, dass ein Faden um die Kartoffel gebunden war. Dann sah sie auch den Schnitt, er ging einmal rund um die Schale. Sie steckte die Kartoffel in die Tasche und schaute in die Werkstatt. Sie sah den Mann in der Werkstatt nicht. Wo der Mann immer gestanden hatte, stand jetzt ein offenes Fass mit glänzend schwarzem Öl. Sie sah ihr Gesicht, das war nichts mehr außer Augen. Die Wangen waren eingedorrt. Der Hunger glänzte hell und dunkel im Öl, sie schreckte zurück.

Am Abend, als die Mitreisende in der Baracke ankam, biss sie an der dicken Kartoffel den Faden durch. Zwischen den beiden Kartoffelhälften lag ein Stück Papier. SAG, stand da, dahinter ein zerfressener Fleck, eine Nachricht, vielleicht der Name des Strafgefangenen, FRAU und kleine zerfressene Flecken, der Name seiner Frau, ein Dorf, eine Hausnummer. Vielleicht.

Die Kartoffelstärke hatte alles gefressen. Die Mitreisende kochte die Kartoffelhälften und aß sie. Sie wusste, dass sie eine Nachricht aß, einen Namen, ein Dorf und ein Haus.

Nach diesem Tag, sagte die Mitreisende, habe sie den Mann nie wieder in der Autowerkstatt gesehen. Gestorben sei er in der

Autowerkstatt nicht, sagte sie, denn er habe am Tag vor der zerschnittenen Kartoffel auf beiden Beinen gestanden.

WENN ICH NUR ein Mal am richtigen Tag, zur richtigen Zeit mit dem Zug in die andere Stadt gefahren wäre, wenn die Mitreisende nur ein Mal am gleichen Tag zur gleichen Zeit mit dem gleichen Zug in die Stadt gefahren wäre, wenn sie in einem kleinen Bahnhof zugestiegen wäre, wenn die Gesichter der Fremden im Fahren nur noch ein einziges Mal so ausgesehen hätten, dass die Mitreisende noch einmal leichtfertig gegen sich selbst ihr Leben erzählt hätte, hätte sie mich vielleicht gefunden.

Vielleicht war ich sogar am richtigen Tag im richtigen Zug und die Mitreisende ist am gleichen Tag mit dem gleichen Zug in die Stadt gefahren. Doch sie ist in ein anderes Abteil zugestiegen, hat dort, wo ich nicht war, noch einmal gegen sich selbst ihr Leben erzählt.

Ich werde den Gedanken nicht los, auch wenn ich weiß, so was tut man nur ein Mal.

Vielleicht hätte ich jeden Tag mit dem Zug fahren und jeden Tag, wenn er hält, an einem anderen kleinen Bahnhof aussteigen müssen. Ich wäre tagelang von zu Hause weg gewesen und der Briefträger hätte noch mehr Zeit gehabt, den Umschlag mit der guten oder schlechten Nachricht in den Schlitz zu werfen. Ich hätte mich in der Reihenfolge der Bahnhöfe durch die kleinen Dörfer gefragt.

Doch die Frau, die ich suche, wäre vielleicht zur gleichen Zeit, in der ich ausgestiegen wäre, in den Zug eingestiegen. Und während ich sie gesucht hätte, wäre sie eine Mitreisende gewesen.

Ich hätte Zäune und Fenster im Dorf angeschaut und sie hätte die nächsten kleinen Bahnhöfe entlang gegen sich selbst ihr Leben erzählt.

ICH WAR NOCH nie bewacht. Einmal ging ich in die Goldschmiede arbeiten. Da ist die Arbeit nicht so dreckig, dachte ich mir, und nicht so schwer. Denn so viel Gold wie viele Schrauben in der Fabrik sind, gibt es in einer Goldschmiede nicht. Vielleicht ging ich auch in die Goldschmiede, weil einer der zurückgekehrten Männer sagte, in Russland sagt man zur Kohle schwarzes Gold.

In der Goldschmiede kam dreimal am Tag der Polizist, er schrieb morgens und mittags und abends auf, wer Gold brachte und was daraus gemacht wurde. Es wurden dünne Ketten mit einem glatten Kreuz daraus gemacht, oder dicke Ketten mit einem Jesus am Kreuz. Das war nicht verboten, und erlaubt war es auch nicht. Mir kam es vor wie die zum Kreuz zusammengenagelten Äste und der ausgestopfte Anzug im Garten.

Gold ist nicht besser als Eisen. Ich war nie versucht, Gold zu stehlen. Eisen stehle ich oft, wenn ich es brauche, in der Stadt kann man Schrauben gut verkaufen.

Als es schon Frühjahr werden wollte, war die Erde in der Stadt noch hart gefroren. Da brachte eine Frau aus einem kleinen Dorf in einem zerknüllten Stück Zeitungspapier einen Ohrring und dazu einen zwirndünnen Bügel, der abgebrochen war. Am Gelenk des Bügels war die winzige Schraube herausgefallen.

Die Frau war in meinem Alter.

Es war nicht die gefrorene Erde draußen und nicht der Bügel. Der Ohrring trug drei nachtgrüne Steine, die sich an den unteren Spitzen berührten und an den oberen trennten. Ich hielt den Ohrring in der Hand, da war er so weit von mir weg, dass die Steine nur nach innen schauten. Sie stachen in meine Augen. Ich musste sie eine Weile schließen und spürte die Steine unter den Lidern.

Die Steine, deren Spitzen sich voneinander trennten, waren ein Kleeblatt und es war erfrorener Klee. Ich hätte mir in den äußeren Steinen zwei gleichzeitige Leben vorstellen können und dazwischen den Stein der Jahre. Ich tat es nicht, so was mach ich mir nicht vor. Ich dachte auch nicht an ihn, nicht so, dass ich hätte sagen können: Das denkst du dir jetzt. Oder: Das denkst du dir jetzt über ihn.

Wenn man über Straflager spricht, erwähnt man oft erfrorenen Klee, doch in meinem Kopf hatte das nichts mit ihm zu tun. Der erfrorene Klee überzog, wo mir in den Augäpfeln das Sehen stand, etwas, was ich nicht wissen konnte und auch nicht hätte ahnen können. Er blieb in meinen Augen, obwohl der Polizist gekommen war.

Es wurde die ganze Nacht nicht dunkel im Zimmer, weil die grünen Steine finsterer waren als ein Zimmer ohne Licht.

Der Polizist war am späten Nachmittag in die Goldschmiede gekommen. Er legte den Ohrring auf die Waage und den Bügel. Die winzige Schraube war unter seinen Nagelrand gerutscht. Er bohrte die Spitze einer Feile unter seinen Nagelrand, dann fiel die Schraube auf die Waage. Er wog sie, und auf der Waage stand Null und Null und Null und ganz am Ende eine Eins.

Als er das aufgeschrieben hatte, mussten wir uns alle nackt ausziehen, weil Gold fehlte. Wir mussten die Haare über dem Tisch schütteln. Dann kämmte er uns mit einem dünnzahnigen Schuppenkamm das Schamhaar durch.

Doch das Gewicht, das auf der Waage fehlte, stand in meinen Augen. Es waren die Steine.

Ich war nur zwei Monate in der Goldschmiede, ich wollte zurück zu meinen Schrauben.

MANCHMAL SINGE ICH für mich. Ich singe: Mein Leben ist ein Fingerhut. Das ist kein Lied, aber ich singe es. Was man stumm sagen kann, kann man auch stumm singen.

In der Fabrikhalle hab ich mich nicht gehört, wenn ich leise sang. Aber zu Hause höre ich mich sogar, wenn ich stumm singe: Mein Leben ist ein Fingerhut. Und seines auch. Das singe ich nicht. Das kann ich nicht sagen für mich, das denke ich mir.

Ein Fingerhut und noch einer – nur an zwei verschiedenen Paar Händen. Meine wurden sechsundfünfzig Jahre alt. Seine waren einmal zwanzig.

MANCHMAL SINGE ICH: Mein Leben ist ein Tirata. Und schweige. Vor meinem Mund steht eine durchgestrichene Trompete.

Eine Fliege kommt durch einen halben Wald.

Und dann.

Eine Fliege kommt durch einen ganzen Wald. Durch einen anderen, durch einen nächsten.

Und dann.

Manchmal in der Nacht fährt der Lift im Treppenhaus hinauf. Es quietscht und ich horche, es steigt niemand aus. Wenn ich hingehe und die Lifttür öffne, steht nur ein kleines, gelbes Licht drin. Es blendet mich. Dann weiß ich, vom Auge bis zum Mund ist eine lange Zeit.

WENN ER MORGEN Nacht im Fahrstuhl wäre, dann wär ich nichts als eine fremde Straßenecke. Eine Verabredung wär ich, von der ich nichts mehr weiß. Und er wäre nichts als ein schreckliches Glück. All die Jahre zwischen uns gelten auch für ihn. Ich glaub, ich habe ihm, um sich zu melden, die Jahre zwischen uns gegeben. Aber nie einen Ort.

ANMERKUNGEN

Heimweh nach Zukunft

1 Heinrich Böll: *Werke*, hrsg. von Bernd Balzer, Köln o. J., Bd. 8, »Frankfurter Vorlesungen« (1964), S. 53.
2 Ebd., S. 75.
3 Jenny Aloni, Heinrich Böll: *Briefwechsel*, hrsg. von Hartmut Steinecke, Bielefeld 2013, S. 16.
4 Böll: *Werke*, Bd. 9, »Ich glaube, meine Erinnerung liebt mich. Über Max Fürst: Gefilte Fisch« (1973), S. 67.
5 Böll: *Werke*, Bd. 9, »Ich bin ein Deutscher. Rede auf dem Internationalen PEN-Kongress in Jerusalem« (1974), S. 176.
6 Böll: *Werke*, Bd. 8, »Frankfurter Vorlesungen« (1964), S. 74.

Mit diesseitiger Wut und jenseitigen Zärtlichkeiten

1 Zitiert nach F. A. Z. vom 21.11.2006, S. 48.

QUELLENVERZEICHNIS

Unsichtbares Gepäck
Das Grundgesetz. Ein literarischer Kommentar, hrsg. von Georg M. Oswald, C.H.Beck 2022

Heimweh nach Zukunft
Rede zur Verleihung des Heinrich-Böll-Preises in Köln am 20. November 2015

Mit diesseitiger Wut und jenseitigen Zärtlichkeiten
Rede zur Vorstellung des Buches »Für ein Lied und hundert Lieder« von Liao Yiwu in Berlin am 27. August 2011

Schau, wie sie lachen. Nein, sie weinen
NZZ folio, November 2002

Das chinesische Glasauge
2012

Herzwort und Kopfwort
Überarbeitete Rede zur Eröffnung der Exil-Ausstellung »Fremd bin ich den Menschen dort« in der Deutschen Nationalbibliothek 29. August 2012

Von ihm selbst war nur irgendjemand dabei
Rede im Literaturhaus Berlin am 30. Mai 2012

Der verdammte verschwommene Mond
Rede zur Verleihung des Preises für Toleranz und Menschrechte des Jüdischen Museums Berlin am 12. November 2022

Die Zahnbürste und das Glück
Rede zur Aufnahme in den Orden Pour le mérite im Konzerthaus Berlin am 19. Juni 2022

Eine Fliege kommt durch einen halben Wald
Erschienen als Hörbuch, gesprochen von Angelika Winkler, Hörbuch Hamburg 2011

INHALT